Celui qui attend

ŒUVRES PRINCIPALES

Chroniques martiennes
L'Homme illustré
Fahrenheit 451
Les Pommes d'or du soleil
Le Pays d'octobre
Un remède à la mélancolie
La Foire des ténèbres
Les Machines à bonheur
Je chante les corps électriques
Théâtre pour demain... et après
Bien après minuit
La Colonne de feu
Un dimanche tant bien que mal
À l'ouest d'octobre
Café irlandais
Le Vin de l'été
La Solitude est un cercueil de verre

Ray Bradbury

Celui qui attend

et autres nouvelles

Librio

Texte intégral

CELUI QUI ATTEND

Je vis dans un puits. Je vis comme une fumée dans un puits, comme un souffle dans une gorge de pierre. Je ne bouge pas. Je ne fais rien, qu'attendre. Au-dessus de ma tête j'aperçois les froides étoiles de la nuit et les étoiles du matin — et je vois le soleil. Parfois je chante de vieux chants de ce monde au temps de sa jeunesse. Comment dire ce que je suis, quand je l'ignore ? J'attends, c'est tout. Je suis brume, clair de lune, et souvenir. Je suis triste et je suis vieux. Parfois je tombe vers le fond comme des gouttes de pluie. Alors des toiles d'araignée tressaillent à la surface de l'eau. J'attends dans le silence glacé ; un jour viendra où je n'attendrai plus.

En ce moment c'est le matin. J'entends un roulement de tonnerre. Je sens de loin l'odeur du feu. J'entends un craquement de métal. J'attends, j'écoute.

Au loin, des voix.

— Tout va bien.

Une voix. Une voix d'ailleurs — une langue étrangère que je ne connais pas. Aucun mot ne m'est familier. J'écoute :

— Faites sortir les hommcs !

Un crissement dans le sable cristallin.

— Mars ! C'est donc bien ça !

— Où est le drapeau ?

— Le voilà, mon capitaine.

— Parfait, parfait.

Le soleil brille haut dans le ciel bleu, ses rayons d'or emplissent le puits, et je reste suspendu, tel un pollen de fleur, poudroyant dans la chaude lumière.

Des voix.

— Au nom du Gouvernement de la Terre, je proclame ce

sol Territoire Martien. Il sera partagé à égalité entre les nations-membres.

Qu'est-ce qu'ils disent ? Je tourne au soleil comme une roue, invisible et paresseuse, une roue d'or au mouvement sans fin.

— Qu'est-ce que c'est que ça ?

— Un puits.

— Non.

— Mais si pourtant.

L'approche d'une chaleur. Trois objets qui se penchent au-dessus de l'orifice du puits, et ma fraîcheur qui jaillit jusqu'à eux.

— Splendide.

— Tu crois que c'est de l'eau potable ?

— On va bien voir.

— Que l'un de vous aille chercher une éprouvette et un fil de ligne.

— J'y vais.

Le bruit d'une course. Le retour.

— Nous voilà.

J'attends.

— Faites descendre. Allez-y doucement.

Le verre brille là-haut, suspendu à un fil.

L'eau se ride légèrement tandis que le tube se remplit. Je monte dans l'air chaud, vers l'orifice du puits.

— Et voilà. Vous voulez goûter cette eau, Regent ?

— Pourquoi pas ?

— Quel puits magnifique. Regardez cette construction. Quel âge lui donnez-vous ?

— Qui peut savoir ? Hier quand nous nous sommes posés dans cette autre ville, Smith a dit qu'il n'y avait plus de vie sur Mars depuis dix mille ans.

— Imaginez un peu !

— Qu'est-ce qu'elle vaut, Regent, cette eau ?

— Pure comme l'argent. Buvez-en un verre.

Le bruit de l'eau sous le soleil brûlant. Maintenant je plane sur le vent léger comme une poussière, comme un grain de cannelle.

— Qu'est-ce qu'il se passe, Jones ?

— Je ne sais pas. J'ai terriblement mal à la tête. Tout d'un coup.

— Vous avez déjà bu ?

— Non, pas encore. J'étais penché au-dessus du puits et

soudain ma tête s'est fendue en deux... Je me sens déjà mieux. Maintenant je sais qui je suis. Je m'appelle Stephen Leonard Jones, j'ai 25 ans. Je viens d'arriver en fusée d'une planète appelée Terre et je me trouve avec mes camarades Regent et Shaw auprès du vieux puits sur la planète Mars. Je regarde mes doigts dorés, tannés et vigoureux. Je regarde mes grandes jambes, mon uniforme argent, et mes deux amis. Ils me demandent : « Qu'est-ce qui ne va pas Jones ? » Rien, fais-je en les regardant, rien du tout. C'est bon, ce que je mange. Il y a dix mille ans que je n'avais pas mangé. Cela fait un merveilleux plaisir à la langue et le vin que je bois avec me réchauffe. J'écoute le bruit des voix. Je forme des mots que je ne comprends pas — et que je comprends pourtant d'une façon différente. J'éprouve la qualité de l'air.

— Qu'est-ce qu'il se passe, Jones ?

Je secoue cette tête — ma tête — je repose mes mains qui tiennent les couverts d'argent — je ressens tous les éléments de ce qui m'entoure.

— Qu'est-ce que vous voulez dire ? demande cette voix, cette chose nouvelle qui m'appartient.

— Vous respirez drôlement, vous toussez... dit l'autre homme.

Je prononce très distinctement.

— Peut-être un petit coup de froid.

— Il faudra voir le docteur.

Je hoche la tête et c'est bon. C'est bon de faire toutes sortes de choses, après dix mille ans. C'est bon de respirer l'air, c'est bon, le soleil qui pénètre la chair, c'est bon de sentir l'architecture d'ivoire, le squelette parfait qui se cache sous la chair tiède, c'est bon d'entendre les sons bien plus distinctement, bien plus directement, que du tréfonds d'un puits de pierre. Je reste assis, ravi.

— Sortez de là, Jones. Décrochez. On doit s'en aller.

— Oui, dis-je, hypnotisé par la façon dont ce petit mot se forme sur ma langue telle une bulle d'eau, et tombe dans l'espace avec une tranquille beauté.

Je marche, c'est bon de marcher. Je me sens haut ; le sol quand je le regarde me paraît très loin de mes yeux, de ma tête. C'est comme si je demeurais sur le haut d'une jolie falaise où il ferait bon vivre.

Regent se tient au bord du puits de pierre et regarde le

fond. Les autres sont repartis en murmurant vers le vaisseau d'argent qui les a menés là.

Je sens les doigts de ma main et le sourire de ma bouche. Je dis :

— C'est profond.

— Oui.

— Ça s'appelle un Puits d'Ame.

Regent relève la tête et me regarde :

— Comment le savez-vous ?

— Est-ce que ça n'y ressemble pas ?

— Je n'ai jamais entendu parler de Puits d'Ame.

— C'est, dis-je en lui touchant le bras, un endroit où les choses en attente, les choses qui ont eu corps un jour, attendent, attendent...

Dans la chaleur brûlante du jour, le sable est de feu, le vaisseau une flamme d'argent. — C'est bon de sentir la chaleur — le bruit de mes pas sur le sable dur. J'écoute — le bruit du vent, les vallées brûlant au soleil — je sens l'odeur de la fusée qui bout sous les feux du zénith. Quelqu'un dit :

— Où est Regent ?

Je réponds :

— Je l'ai vu près du puits.

L'un des hommes part en courant vers le puits, et voici que je commence à trembler. C'est d'abord un frisson léger, caché tout au fond de mon corps, mais qui bientôt gagne en violence. Et pour la première fois je l'entends, la voix, comme si elle aussi se cachait dans un puits. C'est une toute petite voix, grêle et apeurée, qui appelle dans l'abîme de mon cœur. Et elle crie : *Laissez-moi sortir, laissez-moi sortir,* et j'éprouve l'impression qu'il y a quelque chose qui essaie de se libérer, qui heurte pesamment des portes de labyrinthe, qui se rue à travers des galeries obscures en les remplissant de l'écho de ses cris.

— Regent est dans le puits !

Les hommes accourent ; je les suis mais maintenant je me sens bien malade. Mes tremblements ont redoublé de violence.

— Il a dû tomber, vous étiez avec lui. Vous l'avez vu tomber, Jones ? Allons, dites quelque chose, mon bonhomme.

— Jones, qu'est-ce qui ne va pas ?

Mais je tremble si fort que je tombe sur les genoux.

— Il est malade. Qu'on m'aide à le soutenir.

— Le soleil...

Je dis dans un murmure :

— Non, non — pas le soleil.

On m'allonge. Mes muscles se nouent et se détendent comme parcourus d'ondes telluriques, et la voix ensevelie crie en moi : *C'est Jones, c'est moi, ce n'est pas lui, ce n'est pas lui, ne le croyez pas, laissez-moi sortir* — je regarde les silhouettes qui se tiennent penchées au-dessus de moi et mes paupières papillotent — on me tâte les poignets.

— Le cœur bat très vite.

Je ferme les yeux. Les frissons s'apaisent. Les cris cessent. Je me relève, libéré, comme dans la fraîcheur d'un puits. Quelqu'un dit :

— Il est mort.

— Jones est mort.

— De quoi ?

— Un choc, à ce qu'on dirait.

— Quelle sorte de choc ? fais-je.

Et voici que je m'appelle Sessions, je parle d'un ton sec et nerveux, je suis le capitaine de ces hommes qui m'entourent — je me tiens parmi eux, regardant à mes pieds un corps gisant qui refroidit sur le sable — je serre mon crâne à deux mains.

— Capitaine !

— Ce n'est rien, m'écriai-je (Et j'ajoute en murmurant :) rien qu'une migraine. Ce sera fini dans un instant. Là ! là ! tout va bien à présent.

— On ferait mieux de ne pas rester au soleil, mon capitaine.

— C'est vrai, dis-je regardant Jones étendu sur le sol. Nous n'aurions jamais dû venir. Mars ne veut pas de nous.

Nous ramenons le corps jusqu'à la fusée — et une nouvelle voix appelle du fond de moi et implore qu'on lui rende la liberté.

Au secours, au secours. L'écho suppliant monte des catacombes moites du corps — *au secours, au secours* — monte des abysses rouges.

Cette fois le tremblement commence beaucoup plus tôt. Son contrôle devient plus difficile.

— Mon capitaine, vous feriez mieux de vous mettre à l'abri du soleil. Vous n'avez pas l'air très bien.

— Mais si... dis-je, aidez-moi je vous en prie, dis-je aussi.

— Pardon, mon capitaine.

— Je n'ai rien dit.

— Vous avez dit « au secours », puis « aidez-moi », mon capitaine.

— Vous croyez, Matthews, vous croyez ?

On étend le corps à l'ombre de la fusée et la voix crie toujours au fond des cavernes sous-marines de la mer écarlate. Mes mains tressaillent. Mes lèvres sèchent et se fendent — mes narines se figent, dilatées. Mes yeux roulent. *Au secours, au secours — Ô par pitié, pitié, non, non, non ! laissez-moi sortir, non ! non !*

Je répète « non ! non ! »

— Vous avez parlé, mon capitaine ?

— Ce n'est rien, — dis-je — il faut que je me sorte de là, et je colle brusquement ma main contre ma bouche.

— Comment cela, mon capitaine ? s'écrie Matthews.

Je hurle : « Rentrez là-dedans, tous, et retournez sur la Terre ! »

Dans ma main je tiens un revolver. Je le dresse.

— Non ! mon capitaine !

Une détonation. Des ombres qui courent. Le cri s'est tu. On entend le sifflement d'une chute à travers l'espace.

Comme c'est bon de mourir, après dix mille ans. Comme c'est bon de ressentir cette fraîcheur soudaine, cette détente. Comme c'est bon d'être comme une main à l'intérieur d'un gant, qui s'étire et devient merveilleusement froide dans le sable chaud. Oh ! la quiétude, oh ! la beauté de la mort qui rassemble tout ce qui était séparé, dans la nuit noire et profonde. Mais c'est trop beau pour durer.

Un craquement, un bruit sec.

— Oh ! mon Dieu, il s'est tué, m'écriai-je ; j'ouvre les yeux, et je vois le capitaine gisant au pied de la fusée, le crâne fracassé par ma balle, les yeux grands ouverts, la langue prise entre ses dents blanches. Le sang coule de sa tête. Je me penche sur lui, je le touche. « L'imbécile, pourquoi a-t-il fait ça ? »

Les hommes sont pénétrés d'horreur. Ils restent là, debout, veillant leurs deux morts, et ils tournent la tête vers les sables de Mars, vers le puits lointain où Regent barbote dans l'eau profonde. Une sorte de croassement sort de leurs bouches desséchées, un geignement, une protestation puérile contre le rêve atroce.

Ils se tournent vers moi.

Au bout d'un long moment, l'un d'eux s'adresse à moi :

— C'est à vous, Matthews, d'être notre capitaine.

Et je réponds lentement :

— Oui, je sais.

— Nous ne sommes plus que six.

— Mon Dieu, ça s'est passé si vite !

— Je n'ai aucune envie de rester ici, allons-nous-en !

Les hommes se mettent à parler à grand bruit. Je m'approche d'eux, je les touche, avec une assurance qui chante presque en moi. « Ecoutez », dis-je en touchant leur coude, ou leur bras, ou leur main.

Nous nous taisons tous.

Nous sommes un.

Non, non, non, non, non, crient au fond de nous les petites voix, prisonnières sous nos masques.

Nous nous regardons les uns les autres. Nous nous appelons Samuel Matthews, Raymond Moses, William Spaulding, Charles Evans et Forrest Cole, et John Summers, et nous ne disons rien. Nous nous regardons — seulement — avec nos visages blancs et nos mains tremblantes.

Nous nous retournons ensemble — nous ne faisons qu'un et nous regardons du côté du puits. Et nous disons d'une seule bouche : « C'est le moment. »

Non, non, non, crient six voix déchirées, cachées, tassées, murées à tout jamais.

Nos pieds avancent sur le sable. On dirait une grande main à douze doigts se glissant sur le fond d'une mer brûlante.

Nous nous penchons sur la margelle du puits, et nous regardons ; du fond de l'abîme de fraîcheur six visages nous renvoient notre regard. L'un après l'autre, nous nous penchons jusqu'à perdre l'équilibre. L'un après l'autre, nous basculons au-dessus de la bouche béante et nous nous enfonçons à travers l'obscurité fraîche, vers l'eau glacée.

Le soleil se couche. Les étoiles glissent sur le ciel de la nuit. Bien loin, clignote une lueur. C'est une autre fusée qui arrive, laissant un sillage rouge dans l'espace.

Je vis dans un puits. Je vis comme une fumée dans un puits. Comme une haleine dans une gorge de pierre. Là-haut, j'aperçois les froides étoiles de la nuit, et celles du matin ; j'aperçois aussi le soleil — et parfois je chante de vieux chants de ce monde au temps de sa jeunesse. Comment pourrais-je dire ce que je suis quand moi-même je l'ignore ?

J'attends — c'est tout.

LA FUSÉE

Souvent, la nuit, Fiorello Bodoni se réveillait et écoutait les fusées passer en soupirant dans le ciel. Il se levait, certain que sa bonne épouse était plongée dans ses rêves, et il sortait sur la pointe des pieds sous les étoiles. Pour quelques instants, il se délivrait ainsi des odeurs rances de cuisine qui imprégnaient sa petite maison au bord de la rivière. Et durant ces instants de silence, il laissait son cœur s'élancer dans l'espace à la suite des fusées.

Cette nuit-là, il se tenait dévêtu dans l'obscurité et il observait les fontaines de feu qui chuchotaient dans le firmament, les fusées emportées sur leurs violentes trajectoires vers Mars, Saturne ou Vénus.

— Eh bien, eh bien, Bodoni !

Bodoni sursauta.

Assis sur une caisse, près de la rivière tranquille, un vieil homme regardait lui aussi les fusées dans l'air calme.

— Ah, c'est vous, Bramante !

— Est-ce que tu sors tous les soirs, Bodoni ?

— Oh, pour prendre un peu l'air.

— Ah oui ? Moi, je préfère regarder les fusées. J'étais enfant quand elles ont commencé à voler. Il y a de cela quatre-vingts ans et je ne suis jamais monté dedans.

— Un jour, moi, je monterai dedans.

— Tu es fou ! s'écria Bramante. Tu n'iras jamais. Le monde est aux riches. (Il secoua sa tête grise, tout à ses souvenirs.) Quand j'étais jeune, ils ont écrit en lettres de feu : *le Monde de l'Avenir ! La Science, le Confort et des Choses nouvelles pour tous !* Ah oui ! Quatre-vingts ans ! C'est maintenant, l'Avenir. Est-ce que nous prenons les fusées ? Non. Nous continuons à vivre dans des taudis, comme nos ancêtres.

— Mes fils, peut-être... dit Bodoni.

— Non, ni les fils de tes fils ! cria le vieil homme. C'est le riche qui peut faire de tels rêves et monter dans les fusées.

Bodoni hésita. « Vieux Bramante, j'ai mis de côté trois mille dollars. Il m'a fallu six ans pour le faire. Je les ai économisés pour mon entreprise, je veux les investir dans du matériel. Mais, chaque nuit, depuis un mois, je ne dors plus. J'entends les fusées. Je réfléchis. Et ce soir, j'ai pris une décision. L'un de nous ira sur Mars ! »

Ses yeux étaient sombres et ils luisaient.

— Crétin ! coupa Bramante. Comment le choisiras-tu, celui qui partira ? Lequel ira ? Si c'est toi, ta femme va te détester, car tu auras été un petit peu près de Dieu dans l'espace. Quand tu lui raconteras ton voyage extraordinaire, dans les années qui vont venir, est-ce qu'elle ne sera pas dévorée de jalousie ?

— Non, non.

— Mais si ! Et tes enfants ? Est-ce que cela remplira leur vie de savoir que papa a pris la fusée pour Mars tandis qu'ils sont restés là ? Tu vas leur donner un de ces travail ! Ils rêveront à la fusée toute leur vie. Ils en perdront le sommeil. Ils en seront malades. Comme toi, actuellement. Ils perdront goût à la vie, s'ils ne partent pas. Ne leur impose pas ce but, je te préviens. Qu'ils se contentent d'être pauvres ! Dirige leurs yeux sur leurs mains et sur ton chantier de ferraille, pas vers les étoiles.

— Mais...

— Et suppose que ta femme y aille ? Quel serait ton sentiment, sachant qu'elle a *vu* et toi, pas ? Tu ne pourras plus la supporter. Tu auras envie de la jeter à l'eau. Non, Bodoni, achète la nouvelle concasseuse dont tu as besoin, et fourre tes rêves dedans.

Le vieil homme se tut, les yeux fixés sur la rivière où des images noyées de fusées sillonnaient le ciel.

— Bonne nuit, dit Bodoni.

— Dors bien, dit l'autre.

Quand le toast sauta hors du grille-pain, Bodoni poussa presque un cri. Il avait passé une nuit sans sommeil. Parmi ses enfants nerveux, à côté de sa femme énorme, Bodoni s'était tourné et retourné, les yeux perdus dans le vague. Bramante avait raison. Il valait mieux investir son argent. Pourquoi le mettre de côté, quand un seul membre de la famille pouvait prendre la fusée, tandis que les autres resteraient à se ronger ?

— Fiorello, mange ton toast, lui dit sa femme Maria.

— Ma gorge est desséchée, dit Bodoni.

Les enfants firent irruption dans la pièce, les trois garçons se disputant un jouet en forme de fusée ; les deux filles portant des poupées qui représentaient les habitantes de Vénus ou de Neptune, vertes, avec trois yeux jaunes et douze doigts.

— J'ai vu la fusée de Vénus ! lança Paolo.

— Elle a décollé avec un de ces bruits, ouiiish ! dit Antonello.

— Taisez-vous, les enfants ! cria Bodoni, en se bouchant les oreilles.

Ils se regardèrent avec des yeux ronds. Il élevait rarement la voix.

Bodoni se leva. « Ecoutez, tous ! J'ai assez d'argent pour que l'un d'entre nous aille sur Mars. »

Ils poussèrent des cris.

— Vous comprenez ? demanda-t-il. Un seulement. Qui ?

— Moi, moi, moi ! crièrent les enfants.

— Toi, dit Maria.

— Toi, lui dit Bodoni.

Et ils se turent.

Les enfants réfléchissaient. « Que Lorenzo y aille... c'est le plus vieux. »

— Non, Miriamne... c'est une fille.

— Pense à ce que tu pourras voir, dit Maria à son mari. (Mais l'expression de ses yeux était bizarre. Sa voix tremblait.) Les météores, comme des poissons. L'univers. La Lune. Celui qui ira doit savoir raconter. Et tu sais parler.

— Toi aussi, objecta-t-il.

Ils tremblaient tous.

— Tenez, décida Bodoni, sans enthousiasme. (Il arracha quelques pailles à un balai.) Nous allons tirer à la courte paille.

Il tendit son poing hérissé de brins. « Choisissez. »

Ils prirent une paille chacun, solennellement.

— Longue.

— Longue.

Un autre.

— Longue.

Tous les enfants avaient tiré. La pièce était silencieuse.

Il ne restait plus que deux pailles. Bodoni sentait son cœur qui lui faisait mal.

— A toi, chuchota-t-il, Maria.

Elle tira.

— La courte, dit-elle.

— Ah ! soupira Lorenzo, mi-triste mi-joyeux. Maman ira.

Bodoni essaya de sourire. « Félicitations ! Je t'achèterai ton billet aujourd'hui même. »

— Attends, Fiorello...

— Tu pourras partir la semaine prochaine.

Elle vit les yeux tristes des enfants fixés sur elle, avec des sourires sous leurs grands nez droits. Elle rendit lentement la paille à son mari.

— Je ne peux pas partir pour Mars.

— Mais pourquoi pas ?

— Je vais avoir un nouveau bébé.

— Quoi ?

Elle détourna son regard. « Je ne dois pas voyager dans mon état. »

Il lui prit le coude.

— Est-ce que c'est vrai ?

— Il faut tirer de nouveau.

— Pourquoi ne m'avais-tu rien dit ? insista-t-il.

— J'ai oublié.

— Maria, Maria ! Il lui tapota la joue. Il se tourna vers les enfants. « On recommence. »

Paolo tira immédiatement la courte paille.

— Je vais sur Mars ! (Il faisait des bonds.) Oh, merci, papa !

Les autres enfants se reculèrent. « C'est épatant, Paolo ! »

Paolo ne souriait plus, en regardant ses parents, ses frères et ses sœurs.

— Je peux partir, n'est-ce pas ? demanda-t-il en hésitant.

— Oui.

— Et vous m'aimerez encore, quand je reviendrai ?

— Bien sûr.

Paolo considéra le précieux brin de paille, dans sa main tremblante. Il secoua la tête.

— Je n'y pensais plus. Il y a l'école. Je ne peux pas partir. Il faut tirer encore une fois.

Mais personne ne le voulait. Ils se sentaient lourds et tristes.

— Personne n'ira, dit Lorenzo.

— Cela vaut mieux ainsi, dit Maria.

— Bramante avait raison, dit Fiorello.

Avec son petit déjeuner comme un caillou dans son estomac, Bodoni travaillait dans son chantier de démolition, découpant le métal, le faisant fondre, coulant des lingots. Son matériel se démantibulait. La concurrence l'avait maintenu à la limite de la pauvreté pendant vingt ans. La matinée était bien mauvaise.

Dans l'après-midi, un homme entra dans sa cour.

— Hé, Bodoni ! J'ai du métal pour vous.

— Qu'est-ce que c'est, Mr Mathews ?

— Une fusée. Ça ne colle pas ? Vous n'en voulez pas ?

— Si, si ! (Bodoni lui saisit le bras et s'arrêta interdit.)

— Evidemment, ce n'est qu'une maquette. Vous savez bien, quand ils établissent des plans pour une nouvelle fusée, ils construisent d'abord un modèle à l'échelle, en aluminium. Vous pourriez retirer un petit bénéfice si vous la faites fondre. Je vous la laisse pour deux mille...

Bodoni retira sa main. « Je n'ai pas l'argent. »

— Tant pis. Je pensais pouvoir vous aider. La dernière fois que nous avons bavardé, vous aviez dit que tout le monde vous battait aux enchères. Je croyais vous passer le tuyau en douce. Eh bien...

— J'ai besoin de nouveau matériel. J'ai économisé de l'argent pour cela.

— Oh, je comprends.

— Si j'achetais votre fusée, je ne pourrais même pas la faire fondre. Mon four à aluminium s'est fendu la semaine dernière.

— Evidemment.

— Si je vous achetais votre fusée, je ne pourrais rien en faire.

— Je sais.

Bodoni cligna des yeux, les ferma, les rouvrit et regarda Mr Mathews.

— Mais je suis un fou. Je vais prendre l'argent à la banque et vous le donner.

— Puisque vous ne pouvez pas la faire fondre...

— Livrez-la-moi, dit Bodoni.

— Bon, bon. Ce soir ?

— Ce soir, dit Bodoni, ce serait parfait. Oui, j'aimerais avoir une fusée ce soir.

La lune était levée. La fusée se tenait, grande et argentée, au milieu du chantier. Elle reflétait la blancheur de la lune et le bleu des étoiles. Bodoni la contemplait et il l'aimait. Il avait envie de la caresser, se coucher contre elle, presser sa joue contre son flanc, lui murmurer tous les désirs secrets de son cœur.

Il la parcourut des yeux. « Tu es tout à moi, dit-il. Même si tu ne bouges jamais et si tu ne craches pas les flammes, et si tu restes là cinquante ans à rouiller, tu es à moi. »

La fusée sentait le temps et la distance. C'était comme s'il était entré dans un mécanisme d'horlogerie. Elle avait un fini de montre suisse. On avait envie de la porter dans son gousset. « Je pourrais même y dormir cette nuit. »

Il s'assit dans le siège du pilote.

Il toucha un levier.

Il se mit à produire une sorte de ronflement, la bouche fermée, les yeux clos.

Le ronflement devint plus fort, encore plus fort, il monta, devint plus haut, plus étrange, plus excitant ; il le faisait trembler et se pencher en avant et se rabattre en arrière, ainsi que tout le vaisseau, dans une sorte de silence rugissant, dans un déchirement de métal ; tandis que ses doigts volaient sur les boutons de commande, le son s'amplifia, jusqu'à devenir du feu, une force, une poussée, une énergie qui menaçait de le couper en deux. Il étouffait. Il continua, car il ne pouvait s'arrêter, il ne pouvait que continuer, paupières serrées l'une contre l'autre, le cœur battant la chamade. « Départ ! » cria-t-il. Une déflagration le secoua, un tonnerre. « La Lune ! cria-t-il, tendu à se rompre. Les météores ! » L'élan silencieux dans l'éclat d'une éruption. « Mars ! Ô Seigneur, Mars ! Mars ! »

Il se rejeta sur son siège, épuisé, haletant. Ses mains tremblantes lâchèrent les manettes. Sa tête retomba en arrière avec violence. Il resta là, longtemps, respirant à grandes bouffées ; les battements de son cœur s'apaisaient.

Très lentement, il ouvrit les yeux.

Le chantier de démolition était toujours là.

Il resta assis sans bouger. Il regarda un long moment l'amoncellement de ferraille. Puis il sauta sur ses pieds et frappa les leviers de commande. « Décolle, par l'enfer ! »

Le vaisseau resta silencieux.

— Tu vas voir !

En trébuchant, il sauta à terre, se précipita sur son appareil de démolition, lança le moteur rageur, manœuvra la massive coupeuse, avança sur la fusée. Il s'apprêta avec ses mains tremblantes à déchaîner les marteaux, à écraser, à lacérer ce rêve faux et insolent, cette chose stupide qu'il avait payée de son argent, qui ne bougeait pas, qui ne voulait pas lui obéir.

— Tu vas voir !

Mais sa main s'arrêta. La fusée d'argent luisait au clair de lune. Au-delà, il voyait les lumières de sa maison, affectueuses. Il entendit sa radio jouer un air. Il resta assis une demi-heure, à contempler la fusée et les lumières de sa demeure ; ses yeux se rétrécissaient et s'élargissaient. Il descendit de son appareil de démolition et se mit à marcher ; en marchant, il se mit à rire ; quand il eut atteint la porte de sa demeure, il aspira l'air profondément et appela :

— Maria, Maria ! fais les valises. Nous partons pour Mars !

— Oh !

— Ah !

— Je ne puis le croire !

— Mais si, mais si !

Les enfants se balançaient d'un pied sur l'autre devant la fusée, ils n'osaient pas encore la toucher. Ils se mirent à pleurer.

Maria regarda son mari. « Qu'as-tu fait ? Tu as pris notre argent pour cela ? Ça ne volera jamais. »

— Si, dit-il, les yeux fixés sur la fusée.

— Les fusées coûtent des millions. As-tu des millions ?

— Elle va voler, répéta-t-il. Rentrez tous, maintenant, j'ai des coups de téléphone à donner, du travail à faire. Nous partons demain. Et ne le dites à personne, compris ? C'est un secret.

Les enfants s'éloignèrent en chancelant. Il vit leurs petits visages enfiévrés aux fenêtres de la maison.

Maria n'avait pas bougé. « Tu nous as ruinés, dit-elle. Notre argent employé pour cette... cette chose. Alors qu'il fallait acheter du matériel. »

— Tu vas voir, dit-il.

Sans un mot, elle tourna les talons.

— Que Dieu m'aide, murmura-t-il ; et il se mit au travail.

Vers le milieu de la nuit, des camions arrivèrent, livrèrent des colis ; Bodoni, en souriant, épuisa son compte en banque. Avec un chalumeau et des pièces de métal, il attaqua la fusée, souda, supprima, lui adjoignit des artifices magiques et lui infligea de secrètes insultes. Il boulonna neuf vieux moteurs d'automobiles dans la chambre des machines. Puis il ferma hermétiquement le panneau pour que nul ne pût voir ce qu'il avait fait.

A l'aube, il entra dans la cuisine. « Maria, dit-il, je suis prêt à prendre mon petit déjeuner. »

Elle ne souffla mot.

Au coucher du soleil, il appela les enfants.

— C'est prêt ! Venez.

La maison resta silencieuse.

— Je les ai enfermés, dit Maria.

— Qu'est-ce que cela veut dire ?

— Vous vous tuerez dans cette fusée. Quel genre de fusée est-ce qu'on peut acheter pour deux mille dollars ? Une très mauvaise.

— Ecoute-moi, Maria.

— Elle va exploser. De toute façon, tu n'es pas un pilote.

— Et pourtant, je pourrai la faire voler. Je l'ai arrangée.

— Tu es devenu fou, dit-elle.

— Où est la clef du débarras ?

— Je l'ai sur moi.

Il tendit la main. « Donne-la-moi. »

Elle la lui donna. « Tu vas les tuer. »

— Mais non.

— Si, oh si ! Je le sens.

— Tu ne viens pas ?

— Je vais rester ici, dit-elle.

— Tu comprendras, alors tu verras, dit-il en souriant. (Il ouvrit la porte du débarras.) Venez, les enfants. Suivez papa.

— Au revoir, au revoir, maman !

Elle resta à la fenêtre de la cuisine, les suivant des yeux, très droite, sans mot dire.

A la porte de la fusée, Bodoni dit : « Les enfants, nous partons pour une semaine. Vous devez retourner à l'école, et moi à mon travail. »

Il les prit par la main à tour de rôle.

— Ecoutez. C'est une très vieille fusée. Elle ne pourra plus faire qu'un seul voyage. Elle ne volera plus. Ce sera le voyage de votre vie. Gardez les yeux ouverts.

— Oui, papa.

— Ecoutez, de toutes vos oreilles. Sentez les odeurs d'une fusée. Rappelez-vous. Et, quand vous reviendrez, vous en parlerez tout le reste de votre vie.

— Oui, papa.

Le vaisseau était silencieux comme une horloge arrêtée.

Le sas se referma en sifflant sur eux. Il les sangla, comme de petites momies, dans les hamacs en caoutchouc.

— Prêts ?

— Prêts ! répondirent-ils.

— Départ !

Il poussa dix boutons. La fusée tonna et bondit. Les enfants se balancèrent dans leurs hamacs en poussant des cris.

— Voici la Lune !

La Lune passa comme dans un rêve. Des météores éclatèrent en feu d'artifice. Le temps s'écoula, serpentin de gaz en ignition. Les enfants trépignaient. Détachés de leurs hamacs, des heures plus tard, ils se collèrent aux hublots.

— Voici la Terre... et voici Mars !

La fusée laissait tomber des pétales de feu rose, tandis que les aiguilles tournaient sur les cadrans. Les yeux des enfants se fermaient. Enfin, ils s'endormirent dans leurs sangles comme des papillons dans leurs cocons.

— Bon, murmura Bodoni, seul.

Il sortit sur la pointe des pieds de la chambre de contrôle et se tint pendant un long moment d'inquiétude devant le panneau du sas.

Il appuya sur un bouton. La porte pivota. Il sortit.

Dans l'espace ? Dans les flots d'encre des météores ? Dans la distance qui file et dans des dimensions infinies ?

Bodoni sourit. Autour de la fusée frémissante s'étendait le chantier.

Rouillée, avec son cadenas qui pendait, il vit la grille de la cour, la petite maison silencieuse, la fenêtre allumée de la cuisine, et la rivière qui s'en allait toujours vers la même mer. Et au milieu de tout ça, la fusée ronronnante, agitait les enfants dans leurs hamacs.

Maria se tenait à la fenêtre de la cuisine.

Il lui fit un signe de la main et sourit.

Il ne pouvait apercevoir si elle agitait la main. Un petit geste, peut-être. Et un petit sourire.

Le soleil se levait.

Bodoni rentra vite dans la fusée. Silence. Les enfants dormaient. Il s'attacha dans un hamac et ferma les yeux. Il s'adressa une prière à lui-même. Que rien n'arrive à l'illusion durant les six prochains jours. Que l'espace vienne et s'étire, que Mars la rouge glisse sous la fusée, avec ses satellites ; qu'il n'y ait pas de coupure dans les films en couleurs. Que les trois dimensions se maintiennent, que rien ne détériore les miroirs et les écrans cachés qui fabriquent le rêve. Que le temps s'écoule sans anicroche.

Il se réveilla.

Mars flottait près de la fusée.

— Papa ! Les enfants tiraient comme des fous sur leurs sangles pour qu'il vienne les détacher.

Mars était rouge, tout marchait bien et Bodoni était heureux.

Au soir du septième jour, la fusée cessa de vibrer.

— Nous sommes arrivés, dit Fiorello Bodoni.

Ils sortirent de la fusée et traversèrent le chantier, le sang chantait dans leurs veines et leurs yeux brillaient.

— J'ai préparé des œufs au jambon pour vous tous, dit Maria de la porte de la cuisine.

— Maman, maman, tu aurais dû venir, tu aurais dû voir Mars, maman, et les météores et tout !

— Oui, dit-elle.

A l'heure de se coucher, les enfants s'assemblèrent devant Bodoni. « Nous voulons te remercier, papa. »

— Ce n'est rien du tout.

— Nous nous en souviendrons toujours, papa. Nous n'oublierons jamais.

Très tard dans la nuit, Bodoni ouvrit les yeux. Il sentit que sa femme, allongée à ses côtés, l'observait. Elle ne fit pas un mouvement pendant un long moment et puis elle embrassa soudain ses joues et son front.

— Tu es le meilleur des pères qui soient au monde, chuchota-t-elle.

— Et pourquoi ?

— Maintenant, je le comprends, dit-elle, je le vois.

Elle lui prit la main, les yeux fermés.

— Est-ce que c'est un très beau voyage ?

— Oui.

— Peut-être, dit-elle, peut-être qu'une nuit tu pourrais m'emmener pour un tout petit tour, tu ne crois pas ?

— Un petit, peut-être, dit-il.

— Merci, dit-elle. Bonne nuit.

— Bonne nuit, dit Fiorello Bodoni.

LA PIERRE TOMBALE

Il y eut d'abord l'interminable voyage, au milieu des nuages de poussière qui piquaient les fines narines de Leota, avec Walter, son mari natif de l'Oklahoma*, dont la carcasse maigre se balançait dans leur Ford Model-T** et dont l'assurance placide lui donnait envie de lui cracher à la figure; enfin ils arrivèrent dans cette grande ville aux immeubles de brique qui semblait chargée de l'étrangeté d'anciens péchés, puis se mirent en quête d'un logeur. Le logeur les fit monter jusqu'à une petite chambre dont il déverrouilla la porte.

Le centre de la pièce était occupé par une pierre tombale.

Au premier coup d'œil, Leota feignit aussitôt de se trouver mal, et un noir tourbillon de pensées lui traversa diaboliquement l'esprit. Le rempart de ses superstitions était si solide que jamais Walter n'avait pu l'entamer. Bouche bée, elle recula, sous les yeux gris et perçants de Walter à demi cachés par des paupières tombantes.

« Non, non, s'écria-t-elle catégoriquement. Je ne vais pas emménager dans une chambre où il y a un mort !

— Leota ! ronchonna son mari.

— Comment ça ? s'étonna le logeur. Mais, madame, vous ne croyez tout de même pas que... »

Leota sourit intérieurement. Bien sûr qu'elle n'y croyait pas au fond, mais c'était la seule arme dont elle disposait

* Les Américains de l'Oklahoma ont longtemps été considérés traditionnellement comme des « ploucs », des « bouseux ». *(N.d.T.)*

** La Model-T, la plus ancienne des Ford, a été la première grande voiture populaire des Etats-Unis. Son châssis était recouvert d'une carrosserie rudimentaire et son moteur ne comportait que deux vitesses. *(N.d.T.)*

pour pousser à bout son mari de l'Oklahoma, alors pourquoi s'en priver?

« Je refuse de dormir à côté d'un cadavre, s'obstina-t-elle. Emportez-moi ça ! »

Walter jeta un regard plein de lassitude au lit affaissé, et Leota eut le plaisir d'observer la frustration qu'elle lui causait. Oui, décidément, les superstitions étaient parfois un prétexte fort commode.

Elle entendit le logeur protester : « Cette pierre tombale est en pur marbre. Elle appartient à Mr Whetmore.

— Le nom gravé dessus est WHITE, remarqua Leota avec froideur.

— Evidemment. C'est le nom du monsieur pour qui la tombe a été prévue.

— Et ce monsieur est mort ? » s'enquit Leota, dans l'expectative.

Le logeur acquiesça d'un signe de tête.

« Vous voyez *bien* ! » s'exclama Leota. Walter, de son côté, poussa un grognement signifiant qu'il n'avait pas l'intention de bouger d'un pouce pour chercher une autre chambre. « Ma parole, on dirait qu'on est dans un cimetière ici », poursuivit Leota en observant la colère froide qui se lisait dans les yeux de Walter.

Le logeur expliqua : « Mr Whetmore, le précédent locataire de cette chambre, était un apprenti tailleur de marbre. C'était son premier emploi. Tous les soirs de sept heures à dix heures on l'entendait travailler là-dessus avec son ciseau.

— Et alors ? » Leota hocha la tête en tout sens comme pour chercher Mr Whetmore. « Où est-il ? Il est mort lui aussi ? » Elle savourait sa plaisanterie.

« Non, il s'est découragé et il a cessé de tailler cette pierre pour se faire embaucher dans une fabrique d'enveloppes.

— Pourquoi ?

— Il avait commis une erreur. » Le logeur tapota du doigt les caractères gravés sur le marbre. « Le nom qu'il a inscrit est WHITE. Mais il s'était trompé. Il aurait dû l'orthographier WHYTE, avec un Y au lieu du I. Ce pauvre Mr Whetmore. Il souffrait d'un complexe d'infériorité. A la moindre faute, il paniquait.

— Un pauvre type », grommela Walter en entrant d'un pas traînant dans la chambre pour y déposer les valises aux fermetures métalliques rouillées. Le dos tourné à Leota, il entreprit de les ouvrir. Quant au logeur, il ne put résister à la tentation de raconter le reste de l'histoire :

« Oui, Mr Whetmore était du genre à se mettre dans tous ses états pour des riens. Tenez, un exemple : quand il se préparait son café le matin, s'il le ratait c'était une vraie catastrophe... Il jetait toute la cafetière et n'en buvait plus pendant des jours ! Vous imaginez un peu ! La plus petite erreur le rendait malade. S'il se chaussait le pied gauche en premier, au lieu du droit, il préférait enlever tout et marcher pieds nus la moitié de la journée, même par les matins froids. Ou alors s'il recevait une lettre avec une faute d'orthographe dans son nom sur l'enveloppe, il la remettait dans la boîte en y écrivant la mention N'HABITE PAS À L'ADRESSE INDIQUÉE. Ah ! c'était quelqu'un, Mr Whetmore !

— Tout ça ne change rien à la situation, reprit Leota sèchement. Walter, qu'est-ce que tu fabriques ?

— J'accroche ta robe de soie dans cette penderie. La robe rouge.

— Arrête de déballer nos affaires, on ne reste pas. »

Le logeur retint son souffle, incapable de comprendre comment une femme pouvait se montrer aussi stupide. « Je vais tout vous expliquer encore une fois. Mr Whetmore faisait à domicile une partie de son travail d'apprentissage ; un jour il a pris un transporteur pour qu'on lui livre ce bloc de marbre ici, pendant que j'étais parti acheter une dinde chez le volailler, et à mon retour... tap-tap-tap... j'ai entendu le bruit du rez-de-chaussée : Mr Whetmore avait déjà commencé à le tailler. Et il était si fier de lui que je n'ai pas osé protester. C'est justement à cause de ça, parce qu'il ne se sentait plus, qu'il a été victime de cette étourderie en gravant le nom de famille. Du coup, il s'est sauvé et je ne l'ai plus revu, il est allé habiter ailleurs, son loyer était payé jusqu'à mardi prochain mais il n'a pas voulu que je le rembourse. Moi, je fais passer demain matin des déménageurs pour retirer cette pierre de la chambre. En attendant, vous accepterez bien de la garder avec vous, uniquement pour la première nuit ? Je suis sûr que vous ne refuserez pas. »

Le mari opina du bonnet. « T'as entendu, Leota ? Y a personne là-dessous. C'est pas une vraie tombe. » Il avait l'air si suffisant qu'elle aurait voulu lui donner des coups de pied.

Elle s'entêta, accrochée maintenant à son idée. Elle menaça le logeur du doigt. « Vous voulez votre argent. Et toi, Walter, tu veux un lit. C'est pour ça que vous mentez tous les deux! »

Excédé, l'homme de l'Oklahoma paya le logeur sans s'occuper des récriminations de sa femme. Le logeur affecta d'ignorer la présence de Leota comme si elle était invisible, leur souhaita bonne nuit et se retira en les laissant seuls dans la chambre dont il referma la porte pendant qu'elle criait derrière lui: « Sale menteur! » Son mari se déshabilla et se coucha en disant: « Reste pas là plantée devant cette pierre tombale, éteins la lumière. Quatre jours qu'on roule en bagnole, moi j'en ai plein les bottes. »

Un frisson parcourut les bras de Leota croisés sur sa poitrine plate. « Aucun de nous trois », déclara-t-elle avec un signe de tête en direction de la pierre tombale, « n'arrivera à dormir ».

Vingt minutes plus tard, dérangé par le remue-ménage qui avait lieu dans la pièce, l'homme de l'Oklahoma souleva le drap et dévoila son visage d'oiseau de proie, le regard papillotant. « Leota, t'es encore debout? Depuis le temps que je t'avais dit d'éteindre et de venir au lit? Mais qu'est-ce que tu fous? »

Elle se livrait à un cérémonial dont le sens était clair. Appuyée sur les mains et les genoux, elle venait de poser, au pied de la tombe imaginaire, un pot et un bidon contenant des roses et des géraniums fraîchement cueillis. Un sécateur était par terre à côté d'elle, encore humide d'avoir servi un peu plus tôt à couper des fleurs dehors dans la nuit.

Désormais elle nettoyait à la balayette le lino et le tapis élimé, tout en murmurant des prières à voix assez basse pour que son mari ne puisse comprendre les mots. Ensuite elle se releva, contourna soigneusement la pierre tombale comme pour ne pas la profaner, avant de s'en éloigner en disant: « Voilà, c'est fait. » Puis elle plongea la chambre dans l'obscurité et vint s'allonger sur le lit aux ressorts grinçants, auprès de son mari qui demandait: « A quoi ça rime? » Et elle lui répondit: « Aucun mort ne peut reposer en paix avec des étrangers qui dorment juste à côté de lui. J'ai conclu un pacte avec lui, j'ai fleuri sa tombe pour qu'il se tienne tranquille et ne nous fasse pas des misères pendant la nuit. »

Ne trouvant rien à répondre, son mari se contenta de marmonner quelques jurons et se rendormit.

Moins d'une demi-heure après, elle lui secoua le coude

en lui chuchotant dans le creux de l'oreille: «Walter! Réveille-toi!» Sa voix avait une intonation affolée. Elle avait l'intention de continuer son manège toute la nuit, si besoin était, pour lui gâcher son sommeil.

Il sursauta en reprenant conscience. «Quoi encore?

— Mr White! C'est Mr White! Son fantôme est là!

— Oh! ça suffit. Dors!

— Je ne plaisante pas. Ecoute-le!»

L'homme de l'Oklahoma tendit l'oreille. Sous eux, apparemment deux mètres plus bas, s'élevait une voix masculine assourdie et plaintive. Aucun mot ne se distinguait clairement, ce n'était qu'une sorte de lamentation monotone.

L'homme se redressa dans le lit. En le sentant bouger, Leota reprit avec excitation : «Tu as entendu, tu as entendu?» Il posa les pieds sur le lino froid. La voix au-dessous d'eux changea: elle était devenue plus aiguë. Leota se mit à pleurnicher. «Tais-toi que je puisse écouter», ordonna son mari avec colère. Lentement, il se pencha vers le sol. Leota cria: «Attention de ne pas renverser les fleurs!» Et lui, en réponse: «La ferme!» Il resta aux aguets. Puis il lança une imprécation et se recoucha. «C'est le type qui est en dessous, tout simplement, bougonna-t-il.

— C'est ce que je dis. C'est Mr White!

— Non, c'est pas Mr White. On est au deuxième étage d'une maison, et il y a des gens au premier. Ecoute.» La voix aiguë résonna de nouveau. «C'est la femme du bonhomme. Elle doit l'engueuler parce qu'il a fait du gringue à une autre! Ils ont dû picoler tous les deux.

— Tu racontes des blagues! s'obstina Leota. Tu joues les fiers-à-bras alors que tu meurs de trouille. C'est un fantôme, je te répète, et il parle avec plusieurs voix, comme autrefois la vieille mère Hanlon quand elle se levait de son banc à l'église et qu'elle baragouinait dans des langues inconnues, comme si elle avait eu à la fois un nègre, un Irlandais, deux femmes et trois grenouilles dans le jabot! Ce mort, Mr White, il nous en veut d'être avec lui ce soir, je t'assure! Tu ne l'entends donc pas?»

Comme pour appuyer ses affirmations, les voix au-dessous d'eux retentirent plus fort. L'homme de l'Oklahoma se tint appuyé sur les coudes, secouant la tête avec accablement, partagé entre l'envie de rire et la fatigue.

Il y eut un craquement.

«Il remue dans son cercueil! hurla Leota. Il est fou de

rage ! Il faut partir d'ici, Walter, sinon c'est nous qu'on retrouvera morts demain. »

D'autres craquements s'élevèrent, ainsi que des frappements, et encore des éclats de voix. Puis ce fut le silence. Qui fut interrompu par un bruit de pas au niveau du plafond.

Leota geignit : « Il est sorti de sa tombe ! Il s'en est libéré et il se déplace en l'air au-dessus de nos têtes ! »

Pendant ce temps-là, son mari s'était rhabillé. Au bord du lit, il enfila ses bottes. « Cette baraque a trois étages, maugréa-t-il en boutonnant sa chemise. C'est les voisins d'en haut qui viennent de rentrer. » Il ajouta à l'intention de son épouse larmoyante : « Allez, viens. Je t'emmène à l'étage du dessus pour les rencontrer. Comme ça, tu auras la preuve qu'ils sont là. Ensuite on descendra au premier pour aller voir cet ivrogne et sa femme. Lève-toi, Leota. »

On cogna à la porte.

Leota piaula et s'enroula dans les draps comme une momie. « Il est revenu dans sa tombe et il tape à l'intérieur pour en ressortir ! »

Son mari alluma, manœuvra le verrou de la porte et ouvrit celle-ci. Un petit homme jovial, aux yeux bleus perçants derrière des lunettes à verres épais, vêtu d'un costume sombre, entra en gambadant.

« Navré, navré, excusez-moi de vous déranger à une heure pareille, déclara le petit homme. Je suis Mr Whetmore, l'ancien locataire. J'ai changé de logement, mais me revoilà. Je viens d'avoir un coup de chance incroyable. Oui, ça, on peut le dire. Ma pierre tombale est toujours ici ? » Il la chercha du regard avant de l'apercevoir. « Ah ! elle y est. Oh ! bonsoir, madame. » Il avait entrevu Leota soulevant un coin de drap pour glisser un œil vers lui. « J'ai plusieurs hommes avec moi, et si ça ne vous gêne pas trop, on va vous l'enlever tout de suite. Ce ne sera pas long. »

L'homme de l'Oklahoma eut un rire de soulagement. « Vous pouvez y aller. Bon débarras ! »

Mr Whetmore fit entrer deux gros costauds dans la chambre. Il était si excité que le souffle lui manquait. « Une coïncidence ahurissante. Ce matin encore j'étais désespéré, écœuré, complètement à bout... mais un miracle a eu lieu. » La pierre tombale fut chargée sur un chariot. « Il y a juste une heure, j'ai appris qu'un Mr White venait de mourir d'une pneumonie. Un Mr White, figurez-vous, dont le nom s'écrit bien avec un I et pas un Y. J'arrive de chez sa femme, et elle a été bien contente de savoir que j'avais déjà une tombe toute prête. Quand j'y pense, ce Mr White qui est encore à peine refroidi et qui a exactement le nom qui correspond ! C'est vraiment inouï ! »

La pierre tombale, calée sur le chariot, fut roulée hors de la chambre pendant que Mr Whetmore et l'homme de l'Oklahoma s'esclaffaient en se congratulant, sous les yeux soupçonneux de Leota qui demeurait perplexe devant l'enchaînement des événements. « Bon, cette fois on en a fini avec cette histoire », rigola son mari après avoir refermé la porte derrière Mr Whetmore. Il jeta à la poubelle les fleurs propitiatoires et, ayant replongé la chambre dans le noir, il retourna au lit, indifférent au silence pesant et contrarié de sa femme. Elle resta un long moment sans dire un mot, sans faire un mouvement, écrasée par une sensation de solitude. Son mari s'enfonça entre les draps en prenant une position confortable. « Ça y est, on va enfin pouvoir dormir, soupira-t-il. Cette saloperie a vidé le plancher. Et il n'est que dix heures et demie. On a encore largement le temps de roupiller. » Il éprouvait une satisfaction évidente à gâcher le plaisir de Leota.

Celle-ci allait prendre la parole quand des coups secs et martelés montèrent à nouveau vers eux. « Là ! Là ! » s'écria-t-elle triomphalement en agrippant le bras de son mari. « Les bruits, ça recommence, comme je te disais. Tu les entends ? »

Son mari crispa les poings et serra les dents. « Combien de temps il faudra que je t'explique ? Est-ce qu'il faut que je te tape dessus pour que tu comprennes ? Fous-moi la paix. Il n'y a rien...

— Mais écoute, voyons, écoute », murmura-t-elle d'un ton suppliant.

Ils se turent et prêtèrent l'oreille dans les ténèbres.

On frappait à une porte à l'étage du dessous.

La porte s'ouvrit. Faible, lointaine, étouffée, une voix de femme prononça tristement : « Oh ! c'est vous, Mr Whetmore. »

Et dans les profondeurs nocturnes s'étendant sous le lit de Leota et de son mari de l'Oklahoma, saisis tous les deux par un tressaillement, la voix de Mr Whetmore répondit : « Encore bonsoir, Mrs White. Voilà. J'ai apporté la tombe. »

AOÛT 2002
RENCONTRE NOCTURNE

Avant de s'engager dans les Montagnes Bleues, Tomás Gomez s'arrêta pour prendre de l'essence à la station isolée.

— Tu te sens pas un peu perdu ici, petit père ? dit Tomás.

Le vieil homme essuyait le pare-brise de la camionnette.

— Je ne me plains pas.

— Ça te plaît, Mars, petit père ?

— Tu parles. On y voit toujours du neuf. Quand je me suis décidé à venir l'an dernier, j'étais prêt à ne rien attendre, à ne rien demander, à ne m'étonner de rien. Il faut qu'on oublie la Terre et ce qui s'y passait. Regarder autour de soi, ici, voir comme tout est *différent*. Rien que de surveiller le temps ici, ça me fait un sacré plaisir. Le temps de Mars. On crève de chaud dans la journée, on gèle la nuit. Et toutes les fleurs différentes, et les pluies, c'est épatant. Je suis venu sur Mars pour me retirer et je voulais me retirer dans un endroit où tout était différent. Un ancêtre comme moi a besoin de changement. Les jeunes ne veulent pas causer avec lui, les autres vieux le rasent. Alors, je me suis dit : le mieux, c'est de trouver un coin où tout est si nouveau qu'il n'y a qu'à ouvrir les yeux pour avoir du bon temps. Et j'ai pris cette station-service. Si un de ces jours j'ai trop de boulot, j'irai m'installer plus loin sur une vieille route moins passante où je gagnerai juste de quoi vivre avec assez de liberté pour ne pas oublier de regarder le paysage.

— T'as raison, vieux, dit Tomás, ses mains tannées posées sur le volant.

Il se sentait en forme. Il venait de travailler dans l'une des nouvelles colonies pendant dix jours d'affilée et maintenant il avait deux jours de liberté et se rendait à une petite fête.

— Rien ne peut plus m'étonner, dit le vieux. Je regarde autour de moi. Un genre d'expérience, quoi. Si tu ne peux pas prendre Mars comme elle est, autant retourner sur la Terre. Tout est extraordinaire ici, le sol, l'air, les canaux, les indigènes (j'en ai encore jamais vu, mais il paraît qu'il y en a dans le coin), les horloges. Même ma pendule marche drôlement. Même le *Temps* est extraordinaire ici. Des fois, j'ai l'impression d'être tout seul ici, seul sur cette sacrée planète. J'en mettrais ma main à couper. Des fois, je me sens comme un gamin de huit ans, avec ma carcasse qui se ratatine et tout qui grandit autour de moi. Bon sang ! c'est un coin rêvé pour un vieux. Je reste toujours gaillard et content ici. Tu sais ce que c'est, Mars ? Pour moi, c'est un truc qu'on m'a donné à Noël, il y a soixante-dix ans ; t'en as peut-être jamais vu — ça s'appelait un kaléidoscope, des bouts de verre ou de tissu, des perles, avec des chouettes couleurs. On tenait ça dans le soleil et on regardait à travers. Ça te coupait le sifflet. Tous ces dessins que ça faisait ! C'est comme ça, Mars. Faut en profiter. Prendre le pays comme il est. Bon sang ! tu te rends compte que cette route, ici, a été construite par les Martiens il y a près de deux mille ans et qu'elle est encore en bon état ? Bon. Ça fait un dollar cinquante. Merci et bonne nuit.

Tomás démarra et partit le long de la vieille route, un sourire tranquille aux lèvres.

Le trajet était long. La route s'enfonçait dans la nuit, montait dans les collines et Tomás, lâchant d'une main son volant, sortait de temps en temps un bonbon du sac où se trouvait son casse-croûte. Il roulait depuis une bonne heure. Il n'avait pas rencontré une seule voiture, pas vu une lumière. La route, déserte, filait sous la voiture, le moteur ronflait et Mars l'environnait, si paisible. Mars était toujours paisible, mais plus particulièrement cette nuit-là. Les déserts et les mers vides défilaient et les montagnes se dressaient jusqu'aux étoiles.

Une odeur de Temps flottait dans l'air ce soir-là. Il sourit et retourna cette idée dans sa tête. Que pouvait bien sentir le Temps ? La poussière, les vieilles horloges et l'odeur des hommes. Et si on se demandait quel bruit pouvait évoquer le Temps ? C'était un ruisseau courant dans une grotte obscure, des appels entrecroisés, de la terre tombant sur des coffres vides, la pluie. Et pour aller plus loin, à quoi ressemblait le Temps ? Le Temps ressemblait à la neige tombant sans bruit dans une pièce sombre ou à un vieux film muet dans un cinéma d'autrefois, des millions de visages pleuvant comme ces ballons du Nouvel An, sombrant, sombrant dans le néant.

Et ce soir — Tomás tendit une main dans le vent par la portière — ce soir, on pouvait presque *toucher* le Temps.

Il conduisait sa camionnette au milieu des collines du Temps. Il éprouva des picotements dans la nuque et se raidit sur son siège, les yeux fixés sur la route.

Il pénétra dans une petite ville morte de Mars, arrêta son moteur, et s'abandonna au silence qui l'environnait.

Retenant sa respiration, il regardait les constructions blanches sous le clair de lune. Inhabitées depuis des siècles. Parfaites, en ruine sans doute, mais parfaites.

Il remit son moteur en marche, roula encore deux kilomètres environ et s'arrêta de nouveau. Puis il descendit de la voiture avec son casse-croûte et grimpa sur un petit promontoire d'où l'on dominait la ville poudreuse. Il ouvrit son thermos et se versa une timbale de café. Un oiseau de nuit passa. Tomás éprouvait un profond sentiment de bien-être et de paix.

Cinq minutes plus tard, peut-être, il entendit un bruit dans la colline, où s'incurvait la vieille route, il perçut un mouvement, une faible lueur, puis un murmure.

Tomás se retourna lentement, sa timbale à la main. Et, de la colline, descendit une étrange apparition. C'était une machine en forme d'insecte vert jade, une mante religieuse qui volait dans l'air froid ; son corps étincelait de diamants verts et des rubis luisaient dans ses yeux à facettes. Ses six pattes touchèrent le sol de l'ancienne route avec le bruit d'une averse qui s'éloigne, et, de l'arrière de la machine, un Martien aux yeux d'or fondu regarda Tomás comme s'il se penchait sur un puits.

Tomás leva la main et pensa automatiquement : Salut ! sans remuer les lèvres, puisqu'il s'agissait d'un Martien.

Mais Tomás avait nagé sur Terre dans des rivières bleues, le long de routes où passaient des étrangers, et mangé dans des maisons inconnues en compagnie d'inconnus, et sa seule défense avait toujours été son sourire.

Il n'avait pas d'arme sur lui. Et il n'éprouvait nul besoin

d'être armé, même avec la petite angoisse qui lui pinçait le cœur.

Le Martien, lui aussi, avait les mains vides.

Pendant un moment, ils se dévisagèrent dans l'air froid.

Tomás fit le premier mouvement.

— Salut ! dit-il.

— Salut ! dit le Martien dans sa propre langue.

Ils ne se comprirent pas.

— Tu as dit salut ? dirent-ils en même temps.

— Qu'est-ce que tu as dit ? demandèrent-ils chacun dans leur langage.

Ils froncèrent les sourcils.

— Qui es-tu ? dit Tomás.

— Qu'est-ce que tu fais ici ? fit l'autre, en martien.

— Où vas-tu ? dirent-ils l'un et l'autre ; et ils prirent un air étonné.

— Je suis Tomás Gomez.

— Je suis Muhe Ca.

Ils ne se comprirent pas plus, mais se frappèrent la poitrine en prononçant les mêmes mots et tout devint clair.

Puis le Martien se mit à rire.

— Attends !

Tomás sentit à son front un léger contact, mais aucune main ne l'avait touché.

— Voilà, dit le Martien. C'est bien mieux comme ça.

— Tu as appris ma langue ? Si vite !

— Ce n'est rien du tout !

Un nouveau silence s'établit. Gênés, ils regardèrent le café fumant dans la timbale.

— Nouveau ? demanda le Martien en observant Tomás puis le café et se référant peut-être aux deux.

— En veux-tu une tasse ? dit Tomás.

— Merci, oui.

Le Martien glissa à bas de sa machine.

Tomás remplit une seconde timbale de liquide brûlant et la lui tendit. Leurs mains se rencontrèrent et, comme deux langues de brouillard, se traversèrent.

— Bon sang ! s'écria Tomás en lâchant la timbale.

— Par les dieux ! dit le Martien dans son propre langage.

— Tu as vu ? chuchotèrent-ils ensemble.

Une panique soudaine les figea un instant.

Puis le Martien se pencha pour toucher la timbale, mais n'y parvint pas.

— Mon Dieu ! dit Tomás.

— Par exemple.

Le Martien s'efforçait de saisir la timbale, mais sans aucun résultat. Il se redressa, réfléchit un instant, puis tira un couteau de sa ceinture.

— Hé là ! cria Tomás.

— Tu ne comprends pas, dit le Martien. Tiens, attrape !

Et il lança son couteau.

Tomás joignit les paumes de ses mains.

Le couteau traversa la chair et tomba sur le sol.

Tomás s'inclina pour le ramasser mais ne put le toucher et recula en frissonnant.

Puis il releva les yeux vers le Martien qui se profilait sur le ciel.

— Les étoiles ! s'écria-t-il.

— Les étoiles ! fit le Martien, regardant Tomás à son tour.

Les étoiles étaient blanches et scintillantes à travers le corps du Martien et serties dans sa chair, dans cette gélatine phosphorescente de méduse, comme des paillettes. Les étoiles miroitaient comme des yeux violets dans le ventre de la poitrine du Martien, brillaient à ses poignets comme des bijoux.

— Tu es transparent ! dit Tomás.

— Et toi aussi ! dit le Martien en reculant d'un pas.

Tomás tâta son propre corps et, en éprouvant la chaleur, se rassura. Moi, j'existe bien, pensa-t-il. Le Martien toucha son propre nez et ses lèvres.

— Je sens ma chair, dit-il à mi-voix. Je suis vivant.

Tomás regarda fixement l'étranger.

— Et si j'existe, dit-il, alors, c'est que tu es mort.

— Non, toi !

— Un fantôme !

— Un revenant !

Ils se désignaient du doigt. La lumière des étoiles dansait dans leurs membres comme des reflets d'acier, des pendeloques de glace, des lucioles. Puis ils reprenaient l'examen de leurs corps, chacun se redécouvrant intact, excité, stimulé, ahuri, et l'autre, ah ! l'autre en face, lui, simple spectre, prisme chimérique qui ne réfractait que la lumière accumulée des mondes disparus.

« Je suis soûl, pensa Tomás. Je ne parlerai de ça à personne demain. Non, surtout pas. »

Ils se tenaient sur la vieille route, immobiles.

— D'où viens-tu? demanda enfin le Martien.
— De la Terre?
— Qu'est-ce que c'est?
— Là-bas. Tomás désigna le ciel d'un geste.
— Quand?
— On a débarqué ici il y a un an, tu te souviens?
— Non.
— Et vous étiez tous morts, ou presque. Vous êtes une race presque disparue. Tu ne sais pas ça?
— C'est faux.
— Mais si. Tous morts. J'ai vu les cadavres. Noirs, dans les chambres, dans les maisons. Morts. Par milliers.
— C'est ridicule. Nous sommes vivants!
— Ecoute donc. On vous a envahis, mais tu n'en sais rien. Tu as dû te sauver.
— Je ne me suis pas sauvé. Je n'avais aucune raison de le faire. Qu'est-ce que tu racontes? Je vais à un festival sur le canal, près des monts Eniall. J'y étais déjà hier soir. Tu ne vois pas la ville, là-bas? dit le Martien tendant le bras.
Tomás regarda et vit les ruines.
— Quoi? Cette ville-là est morte depuis des milliers d'années.
— Morte, dit le Martien en riant. J'y ai dormi hier.
— Et moi, je l'ai traversée la semaine passée et la semaine d'avant. Et j'en arrive encore maintenant. C'est un tas de ruines. Regarde les colonnes brisées.
— Brisées? Je les vois très bien, surtout avec la lune. Et les colonnes sont intactes.
— Les rues sont pleines de poussière, dit Tomás.
— Les rues sont propres!
— Les canaux sont à sec.
— Les canaux sont pleins de vin de lavande!
— Tout est mort.
— Tout est vivant! protesta le Martien en se remettant à rire. Comme tu te trompes! Regarde toutes les lumières du carnaval. Il y a de jolis bateaux aussi racés que des femmes et de jolies femmes aussi racées que des bateaux, des femmes couleur de sable, avec des fleurs de feu dans les cheveux. Je les vois d'ici, toutes petites, courant dans les rues. Voilà où je vais ce soir, au festival. Nous passerons toute la nuit sur l'eau; nous chanterons, nous boirons et nous ferons l'amour. Tu ne vois donc pas?
— Mon vieux, cette ville est aussi morte qu'un lézard des-

séché. Demande à n'importe qui de chez nous. Moi, ce soir, je vais à la Ville Verte. C'est la nouvelle colonie que nous venons juste d'installer près de la Grand-Route d'Illinois. Tu déraílles complètement. Nous avons amené trois cent mille mètres de planches d'Oregon, vingt-quatre tonnes de bons clous d'acier et assemblé avec ça les deux plus jolis villages qu'on ait jamais vus. Ce soir, dans un des deux, on fait la fête. Deux fusées sont arrivées de la Terre avec nos femmes et nos amies. On dansera, on boira du whisky...

Le Martien avait perdu son assurance.

— Tu dis que ça se passe là-bas, de ce côté ?

— Tiens. Voilà les fusées.

Tomás l'avait entraîné à l'autre bout de la butte et lui désignait la plaine à ses pieds.

— Tu vois ?

— Non.

— Bon Dieu, elles sont pourtant là ! Ces deux longues machines brillantes.

— Non.

Cette fois, Tomás se mit à rire.

— Tu es aveugle !

— Je vois très bien. C'est toi qui ne vois pas clair.

— Mais tu vois bien la nouvelle ville, non ?

— Je ne vois qu'un océan et le rivage à marée basse.

— Mon vieux, cette eau-là est évaporée depuis quarante siècles au moins.

— Ah ! je t'en prie. Assez !

— Mais c'est vrai, je te le répète.

Le Martien prit un air solennel.

— Dis-moi encore. Tu ne vois pas la ville que je t'ai décrite ? Les colonnes blanches, les barques fines, les lumières du festival... oh, je les vois si bien ! Et même... écoute ! Je les entends chanter. C'est tout près d'ici.

Tomás écouta et secoua la tête.

— Non, dit-il.

— Et moi, de mon côté, dit le Martien, je ne vois rien de ce que tu m'as décrit. Alors ?

De nouveau, ils se figèrent. Un froid subit les pénétrait.

— Est-ce que par hasard... ?

— Quoi ?

— Tu as bien dit « du ciel » ?

— De la Terre.

— La Terre, c'est un mot, rien, dit le Martien. Mais... en

passant le col, il y a une heure... (Il toucha sa nuque.)... J'ai senti...

— Un frisson ?

— Oui.

— Et maintenant ?

— Ça recommence. Bizarre. Il y avait je ne sais quoi dans la lumière, les montagnes, la route, dit le Martien. Une sensation curieuse : je regardais la route, l'éclairage ; pendant une seconde, je me suis cru le dernier homme vivant au monde...

— Moi aussi ! dit Tomás.

Et il avait l'impression de parler à un vieil ami très intime, de débattre avec lui un sujet passionnant.

Le Martien ferma les yeux et les rouvrit.

— Je ne vois qu'une explication possible... A partir du Temps. Oui, c'est ça. Tu es une ombre du Passé !

— Non. C'est toi qui appartiens au Passé, dit Tomás qui avait eu le temps de ruminer le problème.

— Tu es bien sûr de toi. Comment peux-tu prouver qui appartient au Passé, qui à l'Avenir ? En quelle année sommes-nous ?

— En 2002 !

— Qu'est-ce que ça veut dire pour moi ?

Tomás réfléchit et haussa les épaules.

— Rien.

— C'est comme si je te disais que nous sommes en 4.462.853 S. E. C. Ce n'est rien et moins que rien. Où est le repère qui nous montrera le mouvement des étoiles ?

— Mais les ruines le prouvent ! Elles prouvent que je représente l'Avenir. Moi, je suis vivant. Toi, tu es mort !

— Tout en moi affirme le contraire. Mon cœur bat, mon ventre a faim, ma gorge a soif. Non, non. Ni morts, ni vivants, toi et moi. Disons plutôt pris entre les deux. Deux étrangers qui se croisent dans la nuit. Voilà. Deux étrangers qui passent. Tu as bien parlé de ruines ?

— Oui, tu as peur ?

— Qui désire voir l'Avenir ? Qui peut souhaiter une chose pareille ? Un homme peut regarder le Passé en face, mais songer que... les colonnes écroulées, disais-tu ? Et la mer vide, les canaux à sec, les jeunes filles mortes, et les fleurs flétries ?

Le Martien se tut puis regarda au loin dans la plaine.

— Mais je les vois là-bas. Je les vois. N'est-ce pas assez

pour moi ? Ils m'attendent maintenant, quoi que tu puisses dire.

Et, pour Tomás, les fusées, dans le lointain, l'attendaient aussi, et la ville, et les femmes venues de la Terre.

— Nous ne serons jamais d'accord, dit-il.

— Entendons-nous au moins sur ce désaccord, dit le Martien. Peu importe le Passé ou l'Avenir si nous sommes vivants tous les deux. Ce qui doit suivre suivra, demain ou dans dix mille ans. Qui te dit que ces temples ne sont pas ceux de ta propre civilisation, il y a des centaines de siècles, écroulés aujourd'hui ? Tu n'en sais rien. Alors ne pose pas de questions. Mais la nuit est très courte. Voilà les feux du festival qui montent dans le ciel, et les oiseaux.

Tomás tendit la main. Le Martien l'imita. Leurs mains ne se touchèrent pas mais se fondirent.

— Nous reverrons-nous ?

— Qui sait ? Peut-être une autre nuit.

— J'aimerais t'accompagner à ce festival.

— Et je souhaiterais aller avec toi dans ta nouvelle ville, voir cette machine dont tu m'as parlé, voir ces hommes, apprendre tout ce qui s'est passé.

— Au revoir, dit Tomás.

— Bonne nuit.

Le Martien remonta sur son véhicule de métal vert et s'éloigna tranquillement dans les collines. L'homme de la Terre fit tourner sa camionnette et partit dans la direction opposée.

— Mon Dieu, quel rêve fantastique, soupira Tomás les mains sur le volant, pensant aux fusées, aux femmes, au whisky, aux actualités de Virginie, à toute la fête.

— Quelle vision étrange, pensait le Martien en filant vers sa ville, songeant au festival, aux canaux, aux barques, aux filles aux yeux d'or, aux chansons.

La nuit était sombre. Les lunes s'étaient couchées. La lumière des étoiles poudrait la route vide, maintenant silencieuse et déserte pour tout le reste de la nuit froide.

LE JOUR
DE LA GRANDE EXHUMATION

C'était le jour de la grande Exhumation et tous avaient gravi la route d'été, grand-mère Loblilly y compris, et ils étaient maintenus réunis, par cette verte journée, sous l'immense ciel de cette région du Missouri où l'on sentait flotter dans l'air le parfum des saisons changeantes et des prés en fleurs.

— Nous y voilà, fit grand-mère Loblilly appuyée sur sa canne ; et, englobant tous les assistants du regard aigu de ses yeux bruns tirant sur le jaune, elle cracha dans la poussière.

Le cimetière s'étendait au flanc d'une paisible colline. Il n'était plus, maintenant, que tertres affaissés et croix aux inscriptions à demi effacées. Seul le bourdonnement des abeilles venait rompre le silence et les papillons au vol maladroit fleurissaient l'air pur et bleuté. Les hommes à haute stature, au visage tanné, les femmes en robe de cotonnade contemplèrent sans dire mot pendant un long moment leurs proches qui reposaient sous la terre.

— Et maintenant au travail, décréta grand-mère Loblilly qui se mit à boitiller dans l'herbe grasse en enfonçant vivement sa canne ici et là.

Les autres amenèrent les bêches dont ils s'étaient munis ainsi que les caisses gaiement ornées par leurs soins de lilas et de marguerites. Le gouvernement allait, au mois d'août, ouvrir une route dans le pays, et le cimetière étant désaffecté depuis cinquante ans, les familles avaient accepté d'exhumer leurs morts et de donner à leurs vieux os une nouvelle sépulture.

Grand-mère Loblilly tomba à genoux et se mit de ses mains tremblantes à creuser la terre à l'aide d'une pelle, tandis que tous les autres s'activaient à ouvrir leurs tombes familiales.

— Grand-mère, fit Joseph Pikes projetant sur elle sa grande ombre, vous ne devriez pas creuser là. C'est la tombe de William Simmons, grand-mère.

Comme il l'interpellait ainsi, tous relevèrent la tête et l'on n'entendit plus, dans le silence, que les battements d'ailes des papillons en ce frais après-midi.

— Tu t'imagines que je ne sais pas que c'est sa tombe ! fit grand-mère Loblilly foudroyant Pikes du regard. Ça fait soixante ans que je l'ai pas vu, William Simmons, et j'suis bien décidée à lui rendre visite aujourd'hui. (Tout en retirant par petites pelletées la terre grasse, elle se mit, toute calme et songeuse, à parler autant pour elle-même que pour ceux qui désiraient l'écouter.) Oui, il y a soixante ans, c'était un beau garçon de vingt-trois ans seulement. Et moi j'en avais vingt, et mes cheveux étaient d'or, mes bras et ma gorge blancs comme lait et mes joues fraîches comme roses. Soixante ans, et nous devions nous marier, et puis il est tombé malade, et puis il est mort. Et je suis restée seule, et j'ai vu peu à peu le petit monticule de terre qui le recouvrait s'affaisser sous la pluie...

Tous avaient les yeux fixés sur grand-mère Loblilly.

— Mais tout de même, grand-mère... fit Joseph Pikes.

La fosse était peu profonde et elle ne tarda pas à mettre à découvert le long cercueil de plomb.

— Donnez-moi un coup de main ! cria-t-elle.

Neuf des hommes présents sortirent de la fosse le cercueil de plomb, tandis que grand-mère Loblilly dirigeait les opérations à petits coups de canne tout en criant :

— Attention ! Doucement ! (Et comme ils déposaient le cercueil sur le sol :) Et maintenant, mes amis, je vous demanderai de bien vouloir transporter Mr Simmons dans ma maison, momentanément tout au moins.

— C'est au nouveau cimetière qu'on va le transporter, fit Joseph Pikes.

— Vous allez porter ce cercueil dans ma maison, fit grand-mère en le transperçant de son petit œil vif. Et merci d'avance.

Les hommes la regardèrent descendre la route en boitillant. Puis ils examinèrent le cercueil, se consultèrent du regard et crachèrent dans leurs mains.

Cinq minutes plus tard, ces hommes firent passer le cercueil de plomb dans l'étroite porte d'entrée de la petite maison blanche de grand-mère Loblilly et le déposèrent au pied du poêle ventru.

Elle leur offrit à boire à la ronde, puis dit :

— Et maintenant, enlevons le couvercle. Ce n'est pas tous les jours qu'on revoit de vieux amis.

Les hommes ne bougèrent pas.

— Eh bien puisque vous ne voulez pas, je m'en charge.

Là-dessus elle se mit à débarrasser à petits coups de canne le couvercle de plomb de sa croûte de terre. Des araignées s'en échappèrent et se mirent à courir sur le plancher tandis que montait une bonne odeur de riche terre grasse labourée. Les hommes se mirent alors à tâter les jointures du couvercle, tandis que grand-mère Loblilly reculait en disant : Hop ! et en accompagnant ce mot d'un ample geste de sa canne, telle une ancienne divinité. Et le couvercle se souleva. Les hommes le déposèrent sur le sol puis se redressèrent.

Et de leurs bouches s'échappa un long soupir qui rappelait le vent d'octobre dans les arbres.

Dans le cercueil reposait William Simmons entouré d'une poussière dansante et dorée. Il dormait, un petit sourire aux lèvres, les mains croisées sur sa poitrine, tout habillé, tout prêt, mais n'ayant nulle part où aller.

Grand-mère Loblilly poussa un long et sourd gémissement.

— C'est lui, c'est lui tout entier.

Et entier, il l'était en effet. Intact tel un scarabée dans sa carapace, sa peau fine et blanche ; ses paupières tels des pétales recouvrant ses beaux yeux ; ses lèvres encore colorées ; ses cheveux bien coiffés ; sa cravate soigneusement nouée ; ses ongles parfaitement propres. Il était en somme aussi complet que le jour où l'on avait jeté sur son cercueil silencieux la terre par pelletées.

Grand-mère Loblilly se tenait là, plissant les paupières, portant ses mains à sa bouche pour étouffer le cri qui y montait.

— Où sont mes lunettes ? cria-t-elle, car elle n'y voyait goutte. (Et comme tous les cherchaient :) Vous les trouvez oui ou non ? cria-t-elle encore plus fort. Oh ! et puis, peu importe !

Elle s'approcha du cercueil, se pencha sur le corps, le

scruta. Sa vue se fit plus nette. Elle soupira, puis d'une voix chevrotante se mit à dire de petits mots tendres.

— Il est drôlement bien conservé, fit une des femmes. Il s'est pas défait.

— Des choses pareilles, ça arrive pas, déclara Joseph Pikes.

— Bien faut croire que si, fit la femme.

— Soixante ans sous terre. Y a pas un mort qui puisse résister à ça !

Les derniers rayons du soleil entraient par les fenêtres, les derniers papillons se posaient, fleurs parmi les fleurs.

Grand-mère Loblilly tendit vers le corps une main ridée et tremblante.

— La terre l'a conservé. L'air est bon, sur la colline, et le sol y est bien sec.

— Il est jeune ! dit à voix basse une des femmes. Si jeune !

— Eh oui, fit grand-mère Loblilly, le regardant. Il est couché là, et il a vingt-trois ans. Et moi je suis ici, allant sur mes quatre-vingts ! (Et elle ferma les yeux.)

— Allons, grand-mère, fit Joseph Pikes en lui posant la main sur l'épaule.

— Eh oui, il est couché là dans toute la beauté, toute la pureté de ses vingt-trois ans et moi... (elle ferma les yeux très fort)... moi je suis là, penchée sur lui, et je ne serai plus jamais jeune, moi, mais vieille et décharnée et je ne serai plus jamais, non plus jamais jeune. Seigneur ! La mort conserve jeunes les gens qui meurent jeunes. Regardez comme elle s'est montrée bienveillante envers lui. (Elle effleura de ses mains le corps et le visage, puis se tournant vers les autres :) La mort est plus miséricordieuse que la vie. Pourquoi ne suis-je pas morte moi aussi ? Nous serions ensemble, et jeunes tous les deux. Moi dans mon cercueil, revêtue de ma robe de mariée enrichie de dentelles, mes paupières closes, intimidée devant la mort, et mes mains seraient croisées sur ma poitrine en un geste de prière.

— Grand-mère, ne te lamente pas ainsi.

— J'ai le droit de me lamenter ! Pourquoi ne suis-je pas morte, moi aussi ? Alors, quand il serait revenu, comme il l'a fait aujourd'hui, pour me voir, ce n'est pas *cela* qu'il aurait vu !

Ses mains tâtèrent fiévreusement son visage ridé, ses doigts pincèrent sa peau pendante, elle enfonça son poing dans sa bouche édentée, s'arracha une mèche de cheveux gris qu'elle contempla ensuite avec horreur.

— Un beau retour que je lui ménage là! reprit-elle en levant au ciel ses bras décharnés. Qu'est-ce qu'un garçon de vingt-trois ans a à faire avec une vieille femme de soixante-dix-neuf ans qui n'a plus dans les veines que du jus de navet? J'ai été flouée! La mort l'a conservé jeune à jamais. Regardez-moi. La vie en a-t-elle fait autant pour moi?

— Y a des compensations, fit Joseph Pikes. Et puis il est pas jeune, grand-mère. Il a quatre-vingts ans bien passés.

— Quel imbécile tu fais, Joseph Pikes! Tu ne vois pas qu'il est aussi beau qu'une statue que des pluies par milliers n'ont pas érodée. Et voilà qu'il est revenu pour me voir et qu'il va se choisir une fille parmi les plus jeunes. Que ferait-il d'une vieille comme moi?

— Mais grand-mère, il serait bien incapable de se choisir qui que ce soit, lui lança Joseph Pikes.

— Allez-vous-en tous, fit grand-mère Loblilly en le repoussant. Ce cercueil, il est pas à vous, le couvercle, non plus, et celui qui est couché là n'était pas votre presque mari! Vous allez laisser ce cercueil ici, au moins pour la nuit, et demain vous creuserez une nouvelle fosse.

— C'est bon, grand-mère; je viendrai à la première heure demain matin. Et ne te mets pas à pleurer maintenant.

— Je pleurerai si j'en ai envie et si mes yeux le veulent.

Elle resta plantée au milieu de la pièce jusqu'à ce que tous fussent sortis. Un instant après elle prit une bougie, l'alluma et se rendit soudain compte qu'il y avait quelqu'un dehors. Elle reconnut Joseph Pikes. Elle comprit qu'il passerait là le reste de la nuit et ne fit rien pour le déloger. Elle se contenta de ne plus regarder par la fenêtre. Elle le savait là et en tira, au cours des heures qui suivirent, un certain réconfort.

Ellc s'approcha du ccrcucil, contcmpla William Simmons.

Elle l'examina attentivement. Regarder ses mains, c'était les voir agir. Elle les revit, ces mains, tenant fermement les rênes de son cheval; elle l'entendit claquer des lèvres pour encourager sa bête qui tirait d'un trot égal la charrette à travers la plaine baignée de clair de lune et coupée d'ombres longues. Et elle se rappela aussi combien elles savaient se faire douces lorsqu'il la serrait contre lui.

Elle tâta l'étoffe de son vêtement et s'exclama: «Mais ce

n'est pas dans celui-ci qu'il a été enterré ! » Et pourtant, au fond d'elle-même elle savait que c'était celui-ci. En soixante ans, ce n'était pas l'étoffe qui avait changé, mais celle dont était faite sa mémoire.

Prise de panique, elle chercha désespérément ses lunettes, les trouva enfin et les chaussa.

— Mais ce n'est pas William Simmons ! s'écria-t-elle.

Mais elle savait également que c'était faux et qu'elle avait bien devant elle William Simmons. « Il n'avait pas ce menton fuyant », se dit-elle, « ou l'avait-il ? » « Et ses cheveux, n'étaient-ils pas d'un beau châtain, alors que ceux-ci sont d'un brun bête ? » « Et son nez, je ne me souvenais pas qu'il fût si pointu ! »

Plantée devant cet inconnu, penchée sur lui, elle se rendit compte peu à peu que sans aucun doute c'était bien là William Simmons. Elle comprit alors, ce qu'elle aurait dû savoir depuis toujours, que les morts sont comme une cire que notre mémoire modèle à sa guise... elle les évoque, leur donne forme, rajoute un petit quelque chose ici, enlève un petit quelque chose là, allonge, étire, forme, reforme, pétrit, sculpte jusqu'à ce que l'image ainsi obtenue n'ait plus rien à voir avec l'original.

Elle se sentit perdue, abandonnée. Elle souhaita n'avoir jamais ouvert ce cercueil. Ou tout au moins d'avoir eu l'intelligence de ne pas chausser ses lunettes. Auparavant, elle ne le voyait pas distinctement, juste assez pour répondre au souvenir qu'elle gardait. Mais maintenant, avec ces sacrées lunettes...

Elle scruta longuement son visage, et peu à peu il lui redevint familier. Le souvenir qu'elle avait gardé de lui, et qu'au cours de soixante années elle avait transformé au point de le rendre méconnaissable, fit place au garçon qu'elle avait réellement connu. Et un beau garçon, ma foi ! Elle n'éprouva plus ce sentiment de perte et d'abandon. Elle retrouvait exactement le garçon qu'elle avait connu, ni plus ni moins. C'est ce qui se passe avec les gens qu'on n'a pas vus depuis des années et qui viennent vous rendre visite à l'improviste. Vous commencez par vous sentir un peu gêné puis, peu à peu, vous vous détendez.

— Eh oui, c'est bien toi, dit-elle en riant. Tu me fais des signes de connivence et peu à peu je te retrouve tout entier.

Elle se remit à pleurer. Si au moins elle pouvait se mentir à elle-même et dire : « Non, mais regardez-le. Il ne se ressemble plus. Ce n'est pas là le garçon que j'ai aimé ! » elle se sentirait tellement mieux. Mais tous les petits personnages qui grouillaient dans son cerveau lui diraient, cabriolant et ricanant : « C'est pas à nous que tu feras prendre des vessies pour des lanternes, grand-mère ! »

Ce serait tellement plus facile de ne pas le reconnaître. Elle se sentirait tellement mieux. Mais ça lui était impossible. Elle ressentit une profonde tristesse à l'idée qu'il était là, jeune comme une eau de source, et qu'elle était vieille comme la mer.

— William Simmons ! s'exclama-t-elle. Ne me regarde pas ! Je sais que tu m'aimes toujours, aussi vais-je aller me pomponner !

Elle activa le feu, posa sur la plaque chaude son fer à friser et ondula ses cheveux gris. Elle se poudra les joues avec de la farine. Elle mordit dans une cerise pour colorer ses lèvres, pinça ses pommettes pour y amener un peu de couleur. Puis elle fouilla dans une vieille malle et en exhuma une robe de velours d'un bleu fané qu'elle enfila.

Puis elle se regarda dans le miroir.

— Non, non, gémit-elle en fermant les yeux. Il n'y a rien à faire. Impossible de me rendre plus jeune que toi, William Simmons ! Et même si je mourais maintenant, je ne guérirais pas de cette décrépitude qui m'est tombée dessus, de cette maladie...

Elle éprouva l'envie violente de s'enfuir dans les bois, de se laisser tomber sur un tas de feuilles mortes et d'y pourrir avec elles. Déjà elle s'élançait vers la porte, bien décidée à ne jamais revenir, mais comme elle l'ouvrait toute grande un courant d'air froid la frappa en plein visage et elle perçut un bruit qui la fit hésiter.

Le vent s'engouffra dans la pièce, buta contre le cercueil et y tourbillonna.

William Simmons sembla s'agiter dans sa longue boîte.

Grand-mère Loblilly referma la porte en la claquant.

Puis elle s'approcha lentement du mort.

Il avait vieilli de dix ans.

Des rides étaient apparues sur son visage et sur ses mains.

— William Simmons !

Au cours de l'heure qui suivit, le visage de William Simmons se mit à porter les stigmates des ans. Ses joues se ratatinèrent comme un poing fermé, comme une vieille pomme dans une poubelle. Sa chair qui jusque-là avait la blancheur et la pureté de la neige fraîche fondit à la chaleur de la chaumière. Il n'eut bientôt plus que la peau sur les os. L'air creusa ses orbites et sa bouche. Puis comme sous un coup de marteau son visage fut brusquement sillonné d'un million de rides. Son corps se tordit comme sous l'insulte du temps. Il eut quarante, cinquante, soixante ans ! Il en eut soixante-dix, quatre-vingts, cent ! Il se désagrégeait ! Son visage, ses mains couvertes de taches de vieillesse, émirent comme des craquements de feuilles sèches que l'on foule, puis il eut cent dix, cent vingt ans et il ne fut plus bientôt qu'une coque vide.

Grand-mère Loblilly passa toute cette froide nuit qui gelait ses vieux os à observer sans broncher cet homme qui se défaisait sous ses yeux. Elle fut le témoin de l'improbable, de l'impossible. Puis enfin dans son vieux cœur quelque chose se dénoua et elle n'éprouva plus la moindre tristesse. Le poids qui l'accablait s'était envolé.

Elle s'endormit paisiblement appuyée, toute droite, contre une chaise.

Les premiers rayons du soleil pénétrèrent jusque dans les sous-bois où oiseaux, fourmis et sources s'activèrent chacun de leurs côtés et poursuivirent chacun leurs chemins.

Ce fut le matin.

Grand-mère Loblilly se réveilla et abaissa son regard sur William Simmons.

— Oh ! fit-elle regardant, constatant...

Sous son souffle les os partirent en poussière comme le cocon d'une chrysalide, comme un morceau de bois rongé de l'intérieur par les termites. Les ossements s'émiettèrent, s'envolèrent aussi légers que des grains de poussière dansant dans les rais du soleil. A chaque fois qu'elle poussait un cri les os se désagrégeaient un peu plus, et du cercueil sortait une espèce de vague bruissement.

S'il y avait du vent et qu'elle ouvre la porte, ils s'envoleraient comme un tas de feuilles sèches.

Elle resta penchée un long moment sur le cercueil. Puis comme brusquement aveuglée par une évidence, une découverte, elle poussa un long cri, recula, porta ses mains d'abord à son visage, puis à ses seins flétris, les fit courir sur ses bras, sur ses jambes, puis les fourra dans sa bouche édentée.

Au cri qu'elle avait poussé, Joseph Pikes arriva en courant.

Il poussa la porte et arriva juste à temps pour voir grand-mère Loblilly en train de sauter, de danser, de tourbillonner en faisant claquer ses sabots.

Elle frappait dans ses mains, riait, faisait voler ses jupes, exécutant à elle toute seule une farandole, et le visage couvert de larmes, esquissa même un pas de valse. Puis s'adressant au soleil qui entrait à flots dans la pièce et à sa propre image que reflétait le miroir mural, elle cria :

— Je suis jeune ! J'ai quatre-vingts ans, mais je suis plus jeune que lui !

Elle fit des pointes, un bond, une révérence, puis dit de sa voix cassée :

— Tu avais raison, Joseph Pikes. Il y a des compensations ! Je suis plus jeune que tous les morts du monde !

Et elle se mit à valser avec tant d'ardeur que les plis de sa jupe frappèrent le cercueil et que, de plus belle, les ossements s'envolèrent dans un bruissement en une poussière dorée, tandis qu'elle poussait de joyeux et retentissants :

— Youpiie ! Youpiie !

ICARE MONTGOLFIER WRIGHT

Il était couché et le vent qui entrait par la fenêtre ouverte soufflait sur ses oreilles et sur sa bouche, en lui parlant tout bas tandis qu'il rêvait. On eût dit le porte-parole du Temps, érodant les cavernes de Delphes pour dévoiler le Passé, éclairer le Présent et prédire l'Avenir. Une voix s'élevait, très lointaine, puis deux, puis trois... puis une douzaine... Une nation tout entière d'hommes criait par sa bouche. Et toutes ces voix disaient :

— Vois ! Vois ! Nous, nous avons réussi !

Car lui, eux, un individu, une foule, avaient osé s'élancer et volaient. Le ciel s'étendait tout autour de lui, telle une mer chaude et étale, dans laquelle il nageait, incrédule.

— Vois ! Vois ! Ça y est !

Mais il n'attendait pas du monde qu'il observât à sa place. Il secoua ses sens engourdis, pour voir, toucher, sentir, tâter, l'air, le vent, la lune qui montait à l'horizon. Pour ce nageur solitaire, la Terre et sa pesanteur n'existaient plus.

— Attendez-moi ! Attendez-moi !

Ce soir... Mais quel soir sommes-nous, au fait ?

Nous sommes hier soir. Naturellement ! La veille du premier départ d'une fusée vers la Lune. Derrière les murs de cette chambre. A cent mètres d'ici, sur le sol brûlant du désert, la fusée m'attend.

Oui, mais est-ce vrai ? Cette fusée est-elle réellement là ?

Il s'agita, mouillé de sueur, et se retourna, les yeux toujours fermés, vers le mur. Le murmure fier du vent reprenait sur ses lèvres. Voyons la chose de plus près ! Vous, d'abord, qui êtes-vous ?

— Moi ? Vous voulez savoir comment je m'appelle ?

Mon nom est Jerediah Prentiss. Né en 1938, licencié ès sciences en 1959, breveté pilote en 1965.

Jerediah Prentiss... Jerediah Prentiss... Le vent emportait son nom. Il le clamait à tous les échos. Affolé, il tenta de le rattraper.

Puis, calmé, il attendit que le vent le lui ramenât. Il attendit, longtemps, très longtemps, dans un silence absolu jusqu'à ce qu'enfin, après un millier de battements de cœur, il perçut un léger bruit.

La molle corolle du ciel s'épanouissait. La mer Egée agitait l'éventail blanc de ses écumes sur les récifs couleur lie-de-vin.

Dans le clapotis des vagues mourant sur le rivage, il crut discerner son nom.

Icare...

Puis plus nettement, il entendit murmurer :

Icare...

On lui remuait le bras : c'était son père qui, l'appelant par son nom, faisait reculer la nuit. Il était replié sur lui-même et tourné à demi vers la fenêtre, le rivage et l'infini du ciel. La brise matinale ébouriffait les plumes d'or fixées par la cire couleur d'ambre, déposées à côté de sa couche. Les ailes d'or frémissaient de vie dans les bras de son père. Il sentit le fin duvet de ses épaules se durcir, se transformer en duvet d'oiseau pendant qu'il les regardait sans les voir, car il ne pensait qu'à la falaise.

— Père, comment est le vent ?

— Suffisamment fort à mon gré, pas assez fort cependant pour l'entreprise folle que tu tentes.

— Père, pourquoi t'inquiéter ? Je t'accorde que ces ailes ont une apparence grossière, mais mes os leur donneront de la force et mon sang de la vie.

— Tu veux dire mes os et mon sang ! Rappelle-toi, ô mon fils, que tout homme ne fait que prêter sa chair à ses enfants. Il attend qu'ils aient soin d'elle. Icare, promets-moi de ne pas voler trop haut ! Je redoute à la fois et *le* soleil et *mon* fils. La fournaise de l'un, la fièvre de l'autre, ont, toutes deux, le pouvoir de faire fondre ces ailes. Icare, prends soin de toi !

Ils emportèrent les ailes merveilleuses vers le matin clair. Elles bruissaient entre leurs bras, murmurant inlassablement un nom, le sien ou celui d'un autre, qui voletait, tournoyait et se laissait porter, telle une plume légère, dans l'air calme.

Montgolfier.

Ses mains effleurèrent la corde de feu, la toile éclatante de blancheur, les piqûres de fil brûlant comme l'été. Ses mains alimentèrent de laine et de paille la flamme vacillante.

Montgolfier.

Il suivit des yeux le doux balancement, la houle et le roulis de l'immense poire argentée, indéfiniment bercée, que les poussées de gaz canalisé gonflaient petit à petit. Aussi muette qu'un dieu, dont la tête assoupie retomberait sur la terre de France, la diaphane enveloppe de toile, ce grand sac d'air chauffé par la flamme, allait, d'un instant à l'autre, s'arracher à la force de la pesanteur et s'envoler, libre, dans les airs. Attirés toujours plus haut vers les mondes bleutés du silence, son frère et lui navigueraient, calmes et apaisés, au milieu des îlots de nuages où dorment les éclairs farouches. Dans ces gouffres et ces abîmes inexplorés, où ne parviennent jamais ni chant d'oiseau, ni cri d'homme, le ballon s'apaiserait à son tour. Ainsi lancés à la dérive, aussi bien lui, Montgolfier, que tous les hommes à travers lui entendraient le souffle démesuré de Dieu et le pas solennel de l'Eternité.

— Oh !

Il s'avança et la foule entière le suivit à l'ombre du ballon d'air chaud.

— Tout est paré... Tout est en ordre...

En ordre ! Dans son rêve, ses lèvres se crispaient. Un sifflement d'air, un murmure qui s'enfle, une bousculade...

Des mains de son père un jouet s'envola, monta au plafond, emporté dans son propre tourbillon et resta miraculeusement suspendu dans les airs, pendant que son frère et lui suivaient avec la plus grande attention ses voltiges et, dans son crépitement, reconnaissaient leurs noms.

Wright.

Il entendit chuchoter les mots : « vent », « ciel », « nuage », « espace », « aile », « vol » !

— Wilbur ? Orville ? Qu'est-ce que vous dites de *cela* ?

— Oh !

Dans son sommeil, sa bouche soupirait.

L'hélicoptère d'enfant bourdonnait, se cognait contre le plafond. Dans son ronronnement régulier, il reconnut les mots « aigle », « corbeau », « hirondelle », « rouge-gorge », « faucon ». Le ronronnement s'enflait. « Aigle », « corbeau », « hirondelle », « rouge-gorge », « faucon ». Il diminuait d'intensité. « Aigle », « corbeau »... Jusqu'à ce qu'enfin, voletant vers leurs mains tendues pour le saisir, il l'entendit susurrer dans un bruissement de tempêtes d'été encore dans les limbes, chuchoter, comme à bout de souffle, le mot : « épervier ».

Dans son rêve, il souriait.

Il vit les nuages déferler dans le ciel au-dessus de la mer Egée.

Il sentit le ballon osciller comme un homme ivre, sa masse imposante sur le point de se laisser emporter par le vent, qui s'était soudain levé.

Au décollage, il entendit le sifflement du sable sur les dunes de l'océan Atlantique, dont la douceur lui sauverait la vie si, tel un jeune oiseau qui quitte son nid pour la première fois, il venait à tomber. Les montants bourdonnaient et vibraient, telles des cordes de harpe, et lui-même se joignit bientôt à leur chant.

Derrière les murs de sa chambre, il sentait l'amorce du départ de la fusée, ses ailes de feu étaient encore repliées, sa respiration de feu, contenue. Elle était prête à parler à trois milliards d'hommes. Dans un instant, il se réveillerait et, d'un pas lent, se dirigerait vers cette fusée sur le sol du désert.

Il avancerait jusqu'à l'extrême pointe de la falaise.

Il s'abriterait de l'ardeur du soleil à l'ombre fraîche du ballon d'air chaud.

Il serait fouetté par le sable qui crépiterait sur les dunes de Kitty Hawk*.

Il gainerait ses poignets fragiles, ses bras, ses mains, ses doigts dans les ailes d'or fixées par la cire d'or.

Il jouerait de ce magnifique instrument qui avait capté le souffle de l'homme, aspiré et enfermé dans un sac de toile la chaude suffocation de sa peur et de son étonnement pour élever ses rêves à la hauteur des réalités.

Il mettrait le contact.

Il prendrait la main de son père et lui souhaiterait bonne

* Kitty Hawk est un village de l'État de Caroline du Nord, situé sur une barre de sable au bord de la mer, où a été effectué, le 17 décembre 1903, le premier vol en aéroplane aux U.S.A. *(N. d. T.)*

chance avec ses propres ailes, repliées et prêtes, sur le bord du précipice.

Et il tournoierait sur lui-même et sauterait.

Et il sectionnerait les cordes qui retenaient à terre le grand ballon.

Et il ferait tourner l'hélice de l'avion.

Et il abaisserait le levier pour faire partir la fusée.

Alors dans un élan unique, ils nageraient de conserve, ils sauteraient, ils s'élanceraient, ils oscilleraient, ils navigueraient, et, la face tournée vers le soleil, la lune et les étoiles, ils survoleraient l'Atlantique, la Méditerranée, les campagnes, les déserts, les villes ou les bourgades, dans l'air silencieux, le bruissement des plumes ou le crépitement de la charpente, dans le fracas du tonnerre ou un ronflement timide et crachotant. Après le départ, son choc et son hésitation, viendrait la majestueuse ascension... Merveilleusement suspendus dans les airs, magiquement transportés, tous laisseraient alors éclater leur joie et, pour eux seuls, crieraient leurs propres noms. Peut-être même clameraient-ils les noms d'hommes qui ne sont pas encore nés, peut-être ceux d'hommes morts depuis des siècles, tandis qu'inlassablement, le vent salé, la poussée du ballon ou le feu chimique les emporteraient toujours plus loin.

Chacun sentirait frémir au plus profond de sa chair les ailes brillantes avant de se détacher de leurs omoplates écartelées.

Chacun laisserait après lui l'écho de son vol, et les vents qui tournent tout autour de la Terre répéteraient à l'infini aux fils des fils de leurs fils, dans leur sommeil, leurs noms dans le grand ciel de minuit qui jamais ne connaît de repos.

Montons plus haut, toujours plus haut! Marées, flots, tourbillons infinis d'ailes...

Une sonnerie tinta faiblement.

Non! Je me réveille dans un instant. Attendez encore un peu...

Dans une glissade l'Egéen disparut. Il avait sauté. Les dunes de l'océan Atlantique, la campagne française se fondirent, s'évanouirent. Seul restait le désert du Nouveau-Mexique. Dans sa chambre, à côté de sa couche, plus de plumes frémissant dans la cire d'or. Au-dehors, le vent ne façonnait plus à sa guise la Montgolfière. Au-dehors, il n'y avait qu'une fusée, un rêve combustible qui, sur un geste bref de sa main, décollerait.

Au cours de ces ultimes instants de sommeil, il s'entendit appelé par son nom.

Sans s'émouvoir, il répondit par les trois noms qui, depuis minuit, n'avaient cessé de le hanter à toutes les heures de la nuit :

« Icare Montgolfier Wright. »

Il les répéta lentement pour que celui qui le questionnait pût se souvenir de leur ordre et en les épelant soigneusement.

« Icare Montgolfier Wright. »

Né en l'an 900 av. J.-C. Baccalauréat à Paris en 1783. Licence à Kitty Hawk en 1903. Diplômé de la Terre à la Lune, aujourd'hui, 1er août 1970, si Dieu le veut. Mort et enterré par un heureux hasard sur Mars, en l'an de grâce 1999. »

Puis il consentit peu à peu à se réveiller.

Quelques instants plus tard, en traversant le désert de Tarmac, il entendit crier. Un cri qui se répéta et ne cessa pas.

Il était incapable de dire si quelqu'un marchait ou non derrière lui.

Et, de même, s'il n'y avait qu'une voix ou s'il y en avait plusieurs, si ces voix appartenaient à des hommes jeunes ou à des hommes âgés, si elles étaient proches ou lointaines, si elles augmentaient ou diminuaient d'intensité, si elles lui chuchotaient ou si elles lui hurlaient à l'oreille, les trois nouveaux noms de héros qui lui étaient appliqués, il était absolument incapable de le dire et il ne se retourna pas pour s'en assurer.

Car le vent s'était levé et il le laissa s'enfler et le pousser en avant pendant tout le chemin qui lui restait à parcourir dans le désert avant de rejoindre la fusée et d'accomplir sa destinée.

LE PETIT ASSASSIN

Quand, exactement, eut-elle l'idée qu'on était en train de l'assassiner, elle n'aurait pu le dire. Il y avait eu de petits signes, subtils, de petits soupçons pendant le mois écoulé ; des choses aussi profondes en elle que les marées, comme de regarder une étendue parfaitement calme d'eau tropicale, de souhaiter s'y baigner et juste au moment où le flot s'empare du corps, découvrir que des monstres habitent sous la surface, des horreurs insoupçonnées, bouffies, boursouflées, à bras multiples, aux nageoires aiguës, des choses malignes et inéluctables.

Une chambre flottait autour d'elle dans une atmosphère d'énervement. Elle voyait planer des instruments tranchants, et il y avait des voix et des gens en masque blanc stérilisé.

« Mon nom ? » pensait-elle. « Quel est mon nom ? »

Alice Leiber. Cela lui revint. La femme de David Leiber. Cela ne lui apporta aucun réconfort. Elle était seule avec ces gens en blanc, silencieux, qui chuchotaient à peine, et il y avait en elle une grande souffrance, de la nausée et la peur de la mort.

On m'assassine sous leurs yeux. Ces médecins, ces infirmières ne se rendent pas compte de la chose cachée qui m'est arrivée. David ne le sait pas. Personne ne le sait, sauf moi et le tueur, le petit meurtrier, le minuscule assassin.

Je meurs et je ne puis le leur dire maintenant. Ils riraient et m'imagineraient délirante. Ils verront le meurtrier et le tiendront entre leurs mains et ne le croiront jamais responsable de ma mort. Mais me voici, devant Dieu et les hommes, mourante, et personne qui puisse croire mon histoire, tout le monde pour en douter, me réconforter par des mensonges, m'enterrer par ignorance, pleurer sur moi et sauver mon destructeur.

« Où est David ? » se demanda-t-elle. « Dans la salle d'attente, à fumer une cigarette après l'autre, à écouter le long tic-tac de la très lente pendule ? »

La sueur jaillit à la fois de tout son corps et en même temps un cri de douleur, d'agonie. « Maintenant, maintenant ! Essaie de me tuer, criait-elle. Essaie, essaie ! Mais je ne mourrai pas. Je ne veux pas mourir. Je ne veux pas. »

Il y eut un creux, un vide... Soudain la douleur disparut, l'épuisement et la pénombre la remplacèrent. C'était fini. Ô Dieu !... Elle sombra dans un autre néant noir, et encore un autre, et encore...

Des pas. Des pas approchaient. Des pas doux et légers.

Une voix lointaine disant : « Elle dort. Ne la dérangez pas. »

Une odeur de tweed, de pipe, d'une certaine crème à raser. David était penché sur elle. Et derrière lui l'odeur immaculée du docteur Jeffers.

Elle n'ouvrit pas les yeux. « Je suis éveillée », dit-elle tranquillement. Ce lui était une surprise, un soulagement d'être capable de parler, de ne pas être morte.

— Alice ! dit quelqu'un.

Et c'était David au-delà de ses yeux clos. David qui tenait ses mains lasses.

« Aimerais-tu rencontrer le meurtrier, David ? » pensa-t-elle. « J'entends ta voix qui demande à le voir, je n'ai donc pas autre chose à faire que te le désigner. »

David était penché vers elle. Elle ouvrit les yeux. La chambre se rassembla, se mit au point. Remuant une main faible, elle écarta une couverture légère.

Le meurtrier regarda David Leiber avec calme, un calme visage rouge aux yeux bleus — des yeux profonds et étincelants.

— Oh ! cria David Leiber, souriant. C'est un *beau* bébé !

Le docteur Jeffers attendait David Leiber le jour où il vint chercher sa femme et son bébé pour les emmener chez lui. Il indiqua à Leiber une chaise dans son cabinet, lui offrit un cigare, en alluma un, s'assit au bord de son bureau, et fuma solennellement pendant un long moment. Après quoi il s'éclaircit la gorge, regarda David bien en face, et dit :

— Votre femme n'aime pas son enfant, Dave.

— Comment ?

— Ce fut une très dure épreuve pour elle. Il lui faudra beaucoup de tendresse, beaucoup d'amour, cette année. Je n'ai pas dit grand-chose sur le moment, mais elle a eu une crise de nerfs dans la salle d'accouchement. Les choses étranges qu'elle a dites alors — je ne les répéterai pas. Tout ce que je veux dire, c'est qu'elle se sent étrangère à son enfant. Maintenant, il se peut que nous tirions la chose au clair avec une ou deux questions.

Il tira sur son cigare pendant un moment encore, puis :

— Est-ce un enfant *désiré*, Dave ?

— Pourquoi ?

— Parce que c'est vital.

— Oui, oui, c'est un enfant « désiré ». Nous y avons pensé ensemble, l'avons *décidé* ensemble. Alice était si heureuse l'an dernier quand...

— Mmm... Cela rend les choses encore plus difficiles. Parce que si l'enfant était venu sans être souhaité, prévu, ce pourrait être le simple cas d'une femme qui déteste l'idée de maternité. Ça ne s'ajuste donc pas à Alice.

Le docteur Jeffers retira son cigare de ses lèvres, frotta sa main le long de sa mâchoire :

— Faut donc qu'il y ait autre chose. Peut-être une chose ensevelie depuis son enfance qui se fait jour à présent. Il se peut aussi que ce soit le simple doute — temporaire —, la méfiance de n'importe quelle mère qui a passé par les souffrances inhabituelles qu'a traversées Alice, qui s'est trouvée aussi près qu'elle de la mort. S'il en est ainsi, le temps — un temps très court —, pourra tout arranger. J'ai pensé que je devais vous le dire, Dave. Cela vous aidera à vous montrer affectueux et indulgent si elle dit — si elle dit par exemple qu'elle aurait voulu que son enfant soit mort-né. Et si les choses ne s'arrangent pas, venez me trouver tous les trois. Entendu ? Je suis toujours heureux de voir de vieux amis !

« Tenez, emportez un autre cigare, pour — ah ! pour le bébé. »

Un bel après-midi de printemps. Leur voiture chantait le long de larges boulevards bordés d'arbres. Ciel bleu, fleurs, vent tiède. Dave parlait beaucoup, allumait son cigare, parlait encore. Alice répondait sans détour, avec douceur, se détendait un peu à mesure que le trajet s'avançait. Mais elle ne tenait pas le bébé étroitement serré, pas assez maternellement pour apaiser la bizarre souffrance dans l'esprit de Dave. Elle semblait porter une figurine de porcelaine.

— Eh bien, dit-il enfin, souriant, comment l'appellerons-nous ?

Alice Leiber regarda glisser des deux côtés les arbres verts.

— Ne décidons pas encore. J'aimerais mieux attendre

que nous lui trouvions un nom exceptionnel. Ne lui souffle pas la fumée au visage.

Ses phrases se suivaient, sans changement d'intonation. La dernière ne contenait ni reproche maternel, ni intérêt, ni irritation. Elle l'avait tout bonnement formulée et tout était dit.

Le mari, troublé, laissa choir le cigare par la vitre :

— Excuse-moi, dit-il.

Le bébé reposait au creux du bras de sa mère, des rayons et des ombres passant sur lui modifiaient sa figure. Ses yeux bleus s'ouvraient comme de fraîches fleurs de printemps. Des bruits humides sortaient de la petite bouche, élastique et rose.

Alice donna un rapide regard à son bébé. Le mari la sentit frissonner contre lui.

— Froid ? questionna-t-il.

— Un peu. Mieux vaut fermer, David.

C'était plus qu'un léger froid. Il monta lentement la vitre.

L'heure du souper.

Dave avait amené l'enfant de la nursery, l'avait installé entre de nombreux coussins, dans un petit coin d'une grande chaise nouvellement acquise.

Alice regardait son couteau et sa fourchette bouger entre ses doigts.

— Il n'est pas d'âge ni de taille à être dans une chaise haute, dit-elle.

— C'est amusant de l'avoir là, dit David qui se sentait bien. Tout est amusant. Au bureau aussi. Des commandes jusque par-dessus les oreilles. Si je n'y prends pas garde, je vais encore faire quinze mille cette année. Hé ! regarde Junior, veux-tu ? Il bave sur son menton.

Il tendit le bras pour essuyer la bouche du bébé avec sa serviette. Du coin de l'œil, il se rendit compte qu'Alice ne regardait même pas. Il finit ce qu'il avait commencé.

— Bien sûr, ce n'était pas très passionnant, dit-il, revenant à son repas. Mais on pourrait croire qu'une mère éprouverait quelque intérêt pour son propre enfant.

Alice releva brusquement le menton :

— Ne parle pas ainsi, veux-tu ? En tout cas, pas devant lui. Plus tard, si tu y tiens.

— Plus tard ? cria-t-il. Devant lui, derrière lui, quelle différence ?

Soudain, il se calma, avala sa salive, eut des regrets.

— *Okay*. Je sais ce que c'est.

Après le dîner, elle le laissa porter le bébé à l'étage. Elle ne le pria pas de le faire, elle le *laissa* faire.

En redescendant, il la trouva près du poste de radio écoutant de la musique qu'elle n'entendait pas, les yeux clos. Toute son attitude disait l'étonnement, les questions informulées, intérieures. Elle sursauta quand il parut.

Soudain, elle fut elle-même de nouveau, tout contre lui, douce et vive — elle-même. Ses lèvres le trouvèrent, le gardèrent. Il en fut bouleversé. Une fois le bébé hors de la pièce, à l'étage, elle se reprenait à vivre et à respirer. Elle était libre. Elle murmurait, très vite, interminablement :

— Merci, chéri. Merci. Merci d'être toujours toi-même, tel que tu es. Merci d'être celui sur qui l'on peut compter, on peut entièrement compter.

Il ne put s'empêcher de rire :

— Mon père m'a dit : « Fils ! il faut veiller sur ta famille. »

Elle appuya contre le cou de son mari sa chevelure noire et brillante :

— Tu as dépassé la mesure ! Parfois, je voudrais me retrouver juste comme nous étions au début de notre mariage. Pas de responsabilités. Rien que nous deux. Pas... pas de bébé...

Elle lui serrait les mains dans les siennes, à les broyer.

— Oh, Dave, jadis ce n'était que toi et moi. Nous nous protégions l'un l'autre et maintenant nous protégeons le bébé mais lui ne nous protège pas. Comprends-tu ? Comprends-tu ? Dans mon lit d'hôpital, j'ai eu le temps de penser à des tas de choses. Le monde est mauvais...

— L'est-il vraiment ?

— Oui, il l'est. Mais la loi nous en protège. Et quand il n'y a pas de loi, alors c'est l'amour qui protège. Tu es protégé par mon amour, je ne puis te blesser, bien qu'entre toutes les créatures tu me sois la plus vulnérable. Mais mon amour te protège. Je ne crains rien de toi, parce que mon amour amortit tes irritations, tes instincts, tes haines... Mais... pour ce qui est du bébé ? Il est trop jeune pour connaître l'amour, ou une loi d'amour, ou quoi que ce soit jusqu'à ce que nous puissions le lui enseigner, et entretemps, nous sommes vulnérables...

— Vulnérables ? Vulnérables aux actes d'un bébé ?

Il l'écarta à bout de bras et la regarda en riant doucement.

— Un bébé sait-il la différence entre le bien et le mal ? questionna-t-elle.

— Non. Mais il apprendra.

— Mais un bébé est si neuf, si anormal, sa conscience est si totalement libre...

Elle s'arrêta, dégagea ses bras et se retourna vivement :

— Ce bruit ? Qu'est-ce que c'est ?

Leiber regarda autour de lui :

— Je n'ai rien entendu.

Elle regardait la porte de la bibliothèque :

— Là-dedans, dit-elle lentement.

Leiber traversa la pièce, ouvrit la porte, alluma les lumières de la bibliothèque puis les éteignit :

— Rien de rien. (Il revint vers elle :) Tu es épuisée ! Au lit, Madame, et tout de suite.

Ensemble, ils éteignirent les lumières et montèrent lentement à l'étage, sans mot dire. Arrivée au palier, elle s'excusa :

— Pardonne-moi, chéri. J'ai dit des bêtises. Je suis épuisée.

Il comprit et le dit.

Indécise, elle s'arrêta à la porte de la nursery, puis tourna le bouton de cuivre et ouvrit brusquement. Il la regarda approcher du petit lit, beaucoup trop prudemment, baisser les yeux, se redresser, raidie, comme si elle avait été frappée en pleine figure. « David ! »

Il s'approcha rapidement, atteignit le berceau.

La figure du bébé était très rouge et moite, la petite bouche rose s'ouvrait et se fermait, s'ouvrait et se fermait, comme haletante ; ses yeux étaient d'un bleu ardent. Il agitait ses mains en l'air.

— Oh ! fit Dave, il vient de pleurer.

— Crois-tu ?

Alice Leiber se cramponna au bord du petit lit pour garder son équilibre :

— Je ne l'ai pas entendu.

— La porte était fermée.

— Est-ce pour cela qu'il respire si fort et qu'il est si rouge ?

— Bien sûr ! Pauvre petit père ! A pleurer tout seul dans le noir ! Il pourra dormir dans notre chambre cette nuit, pour le cas où il pleurerait.

— Tu vas le gâter, dit sa femme.

Leiber sentit qu'elle le suivait des yeux pendant qu'il roulait le berceau dans leur chambre. Il se déshabilla en silence, assis au bord de leur lit. Soudain, il leva la tête, jura tout bas et fit claquer ses doigts.

— Zut ! j'ai oublié de te le dire. Il faut que je prenne vendredi l'avion pour Chicago.

— Oh ! David !...

Sa voix se perdit dans la chambre.

— Pendant ces deux mois, j'ai reculé le voyage, et maintenant cela devient critique, il *faut* que j'y aille.

— J'ai peur de rester seule.

— La nouvelle cuisinière sera ici vendredi. Elle sera ici tout le temps, et moi je ne serai absent que quelques jours.

— J'ai peur. Je ne sais pas de quoi. Si je te le disais, tu ne me croirais pas. Je crois que je suis folle.

Il était couché, maintenant. Elle éteignit la lumière. Il l'entendit faire le tour du lit, rejeter la couverture, se glisser entre les draps. Il sentit à côté de lui sa chaude odeur de femme. Il dit :

— Si tu veux que j'attende quelques jours, peut-être pourrais-je essayer...

— Non, dit-elle sans conviction. Va. Je sais que c'est important. Il y a seulement ça, que je continue à penser à ce que je t'ai dit. Les lois de l'amour et de la protection. L'amour te protège de moi. Mais le bébé... (Elle respira profondément :) Qu'est-ce qui te protège de lui, David ?

Avant qu'il puisse répondre, avant qu'il puisse dire combien c'était absurde, elle avait brusquement allumé la lampe de chevet.

— Regarde, dit-elle, tendant la main.

Le bébé, parfaitement éveillé, la regardait bien en face, de ses yeux bleus, profonds et vifs.

Elle éteignit la lampe et se serra tremblante contre David.

— Ce n'est pas agréable d'avoir peur de ce qu'on a enfanté, murmura-t-elle. (Son chuchotement se fit plus dur, plus brusque, plus rapide.) Il a essayé de me tuer. Il est là, qui nous écoute causer, attendant le moment où tu partiras pour essayer de nouveau de me tuer. Je le jure !

Des sanglots lui échappèrent. Il tenta de l'apaiser.

— Je t'en prie... je t'en prie... calme-toi... je t'en prie...

Elle pleura longtemps dans le noir. Très tard, elle se détendit, encore frémissante, contre lui. Sa respiration se fit douce, chaude, régulière, son corps se tourna selon ses réflexes habituels et elle s'endormit.

Il sommeilla.

Et juste avant que l'épuisement ferme pour de bon ses paupières, s'enfonçant dans des profondeurs de plus en plus lourdes, il entendit dans la chambre un étrange petit son, le son de quelqu'un d'éveillé...

Le son léger de petites lèvres élastiques et moites.
Le bébé.
Et puis, il s'endormit.

Au matin, le soleil flamboyait. Alice souriait.

David Leiber faisait danser sa montre au bout de sa chaîne au-dessus du berceau :

— Tu vois, bébé ? Quelque chose de brillant. Quelque chose de joli. Mais oui, mais oui... De brillant... de joli...

Alice souriait. Elle lui dit d'y aller, de voler jusqu'à Chicago, qu'elle serait très brave, lui conseilla de ne pas se tracasser. Elle prendrait soin du bébé. Mais oui, elle en prendrait soin, bien sûr !

L'avion partit vers l'est. Il y avait du ciel en quantité et des quantités de soleil et de nuages, et Chicago tout au bout de l'horizon. David fut entraîné dans la bousculade habituelle de décisions, de plans, de banquets, de coups de téléphone, de discussions et de conférences. Mais il écrivait des lettres chaque jour, envoyait des télégrammes à Alice et au bébé.

A son sixième jour d'absence, il reçut un coup de téléphone longue distance. Los Angeles.

— Alice ?

— Non, Dave. C'est Jeffers qui parle.

— Docteur !...

— Du calme, fils. Alice est malade. Vous feriez bien de prendre le prochain avion pour rentrer. Pneumonie. Je ferai tout ce que je pourrai, garçon. Si seulement ce n'était pas si vite après le bébé. Elle a besoin de forces.

Leiber laissa retomber le récepteur dans son support. Il se leva. Ses jambes se dérobaient. Il n'avait plus de mains, plus de corps. La chambre d'hôtel se brouilla et partit en pièces détachées.

— Alice !... dit-il, marchant en aveugle vers la porte.

Les hélices s'ébranlèrent, tournèrent, palpitèrent, s'arrêtèrent. Le temps et l'espace étaient laissés en arrière. Sous sa main, David sentit tourner le bouton de la porte ; sous ses pieds le plancher prit consistance et réalité : autour de lui s'élevèrent les murs d'une chambre et, dans les derniers rayons d'un soleil de crépuscule, le docteur Jeffers, debout, quittait la fenêtre. Alice était dans son lit, chose inerte sculptée dans de la neige d'hiver. Puis le docteur Jeffers se mit à parler, à parler à jet continu, doucement, ses paroles montant et retombant sous la lumière de la lampe de chevet, en une sorte de doux volettement, un blanc murmure de voix.

— Votre femme est une trop bonne mère, Dave. Elle s'est fait plus de souci pour le bébé que pour elle-même.

Quelque part, dans la pâleur du visage d'Alice, il y eut une contraction qui s'effaça avant d'avoir été remarquée. Alors, lentement, à demi souriante, elle se mit à parler, à parler comme le fait normalement une mère de ceci, de cela, d'autre chose — le détail marquant, le rapport minute par minute, heure par heure, d'une mère préoccupée par un monde de maison de poupée, et par la vie en miniature d'un tel monde. Mais elle ne parvenait pas à s'arrêter, le ressort était remonté à fond, et sa voix se précipita jusqu'à la colère, jusqu'à une pointe de répulsion qui ne modifia pas l'expression du visage du docteur Jeffers, mais fit battre le cœur de Dave au rythme de ce discours accéléré qui se hâtait et ne pouvait s'interrompre.

— Le bébé ne voulait pas dormir. J'ai pensé qu'il était malade : il restait là, tout bonnement, dans son petit lit, tard, très tard le soir, se mettait à crier. A crier fort, et il criait et pleurait toute la nuit et toutes les nuits. Je ne pouvais le calmer et je ne pouvais dormir.

La tête du docteur Jeffers hochait lentement, lentement, soulignant le récit :

— Elle s'est épuisée jusqu'à ce que la pneumonie la prenne. Mais à présent elle est bourrée de sulfamides et du bon côté de toute cette sale histoire.

David se sentit défaillir :

— Le bébé, Docteur ? Comment va le bébé ?

— Frais et dispos. Se porte comme un charme. Coq de la paroisse.

— Merci, Docteur.

Le docteur descendit l'escalier, ouvrit sans bruit la porte de la rue, et disparut.

— David !

Il se tourna vers l'appel chuchoté et terrifié de sa femme.

— C'était de nouveau le bébé. (Elle lui serra désespérément la main.) J'ai tenté de me mentir, de me dire que j'étais folle. Mais le bébé savait que j'étais encore faible de mes deux mois d'hôpital. De sorte qu'il criait toute la nuit et chaque nuit, et quand il ne criait pas, il était beaucoup trop tranquille. Au point que c'en était inquiétant, mais si j'allumais, je savais d'avance qu'il serait en train de me regarder...

David sentit son propre corps se refermer, se contracter

comme un poing. Il se souvenait d'avoir vu l'enfant, d'avoir senti l'enfant, les yeux grands ouverts, éveillé en pleine nuit quand les bébés devraient dormir. Eveillé, étendu, silencieux comme la pensée, ne criant pas, ne pleurant pas, mais guettant depuis son petit lit. Il repoussa cette image. C'était insanité pure.

Alice continuait :

— Je voulais tuer le bébé. Oui. J'ai voulu le faire. Tu étais parti depuis un jour quand je suis allée dans sa chambre et j'ai mis mes mains autour de son cou. Et je suis restée longtemps ainsi. A réfléchir. Effrayée. Et puis j'ai remonté la couverture, et je l'ai retournée sur son visage, et j'ai appuyé sur lui, et je l'ai laissé ainsi. Et je me suis sauvée de sa chambre en courant.

Il essaya de l'interrompre.

— Non ! laisse-moi finir, dit-elle d'une voix rauque, les yeux tournés vers le mur. Quand j'ai quitté sa chambre, j'ai pensé : c'est tout simple, il y a chaque jour des bébés qui s'étouffent. Personne ne saura jamais. Mais quand je suis venue pour le trouver mort, David, il était vivant, respirant et souriant. Après cela je ne l'ai plus touché. Je l'ai laissé là et ne suis pas revenue. Ni pour le nourrir, ni pour le regarder, ni pour rien. Sans doute la cuisinière l'a-t-elle soigné. Je ne sais pas. Tout ce que je sais, c'est que ses cris m'ont tenue éveillée et que je pensais et pensais tout au long de la nuit, en marchant de long en large dans les chambres. Et maintenant je suis malade.

Elle avait presque terminé.

— Le bébé est là, il pense aux moyens de me tuer. A des moyens simples. Parce que j'en sais si long sur lui. Je ne l'aime pas. Il n'y a aucune protection entre nous. Il n'y en aura jamais.

Elle se replia intérieurement sur elle-même, et finalement s'endormit.

David Leiber resta un long moment à la regarder, incapable de bouger. Son sang était figé dans son corps. Pas une seule cellule ne bougeait en lui, nulle part...

Le lendemain matin, il n'y avait qu'une chose à faire. Il la fit.

Il entra dans le cabinet du docteur Jeffers et lui raconta toute l'affaire, puis écouta les réponses indulgentes du médecin :

— Examinons lentement la chose, fils. Il est parfois tout naturel pour une mère de haïr son enfant. Nous avons un nom pour cela — ambivalence. La capacité de haïr en même temps qu'on aime. Les amoureux se haïssent — très souvent. Les enfants détestent leur mère...

Leiber lui coupa la parole :

— Je n'ai jamais détesté la mienne !

— Vous ne l'admettriez pas, naturellement. Les gens n'admettent pas volontiers qu'ils ont éprouvé de la haine pour ceux qu'ils aiment.

— Ainsi donc Alice hait son bébé.

— Disons plutôt qu'elle éprouve une obsession. Elle a dépassé d'un cran la simple ambivalence ordinaire. La césarienne qui a amené le bébé au monde a bien failli en retirer Alice. Elle blâme l'enfant pour cela et aussi pour sa pneumonie. Elle projette ses troubles au-dehors, vers l'objet qui se trouve le mieux sous la main pour qu'elle puisse en faire le sujet d'un reproche.

« Nous en faisons tous autant : nous nous cognons dans une chaise et nous injurions le mobilier — pas notre propre maladresse. Nous ratons un coup de golf et nous envoyons au diable le gazon ou notre crosse ou la fabrication de la balle. Si nos affaires déclinent, nous accusons les dieux, le temps, notre chance ! Tout ce que je puis vous dire, c'est ce que je vous ai déjà dit : aimez-la. C'est la meilleure médecine au monde. Trouvez de petits moyens de lui montrer votre affection, donnez-lui la sécurité. Trouvez le moyen de lui montrer combien inoffensif et innocent est le bébé. Faites-lui sentir qu'il en valait la peine. Après un certain temps, elle se calmera, reprendra son équilibre, oubliera la mort et se mettra à aimer l'enfant. Si d'ici à un mois à peu près, elle n'a pas changé, venez me voir. Je vous recommanderai un bon psychiatre. Maintenant, allez-vous-en, et effacez cette expression de votre visage. »

Quand vint l'été les choses parurent s'arranger, devenir plus faciles. Dave travaillait, se plongeait dans les histoires de bureau, mais trouvait beaucoup de temps à consacrer à sa femme. Elle, de son côté, reprenait des forces, jouait de loin en loin une partie pas trop dure de badminton. Elle n'avait de crise que très rarement. Elle semblait s'être débarrassée de ses craintes.

Sauf une certaine nuit, quand un vent d'été rapide et chaud tournoya soudain autour de la maison, secouant les arbres comme autant de tambourins luisants. Alice se réveilla, tremblante, se glissa dans les bras de son mari, se laissa consoler. Et il lui demanda ce qui n'allait pas. Elle dit :

— Quelque chose est ici, dans la chambre et nous surveille.

Il alluma.

— Voilà que tu rêves de nouveau, dit-il. Tu vas mieux cependant. Tu n'as pas été angoissée depuis longtemps.

Elle soupira quand il éteignit la lumière et, soudain, s'endormit. Pendant une demi-heure à peu près, il la tint contre lui, pensant à la douce et mystérieuse créature qu'elle était.

Et puis il entendit la porte de leur chambre s'entrebâiller. Il n'y avait personne à la porte. Aucune raison pour qu'elle s'ouvre. Le vent était tombé.

Il attendit. Le temps qu'il resta, en silence, à écouter dans la nuit, il lui sembla qu'une heure s'était écoulée.

Et puis, très loin, pareille à la lamentation, au passage d'un petit météore se mourant dans le vaste golfe d'encre de l'espace, il entendit la plainte du bébé qui commençait à pleurer dans sa nursery.

C'était un son tout menu, solitaire parmi les étoiles et l'obscurité et la respiration de cette femme qu'il tenait entre ses bras et le vent qui recommençait à souffler dans les arbres.

Leiber compta jusqu'à cent lentement : les lamentations continuèrent.

Dégageant avec précaution le bras d'Alice, il se glissa hors du lit, mit ses pantoufles et sa robe de chambre et sortit doucement sur le palier.

Il allait, se disait-il, descendre, faire chauffer du lait, le monter et...

... et l'obscurité s'effondra sous lui. Son pied glissa et plongea. Glissa sur quelque chose de mou. Plongea dans le vide.

Il lança les mains devant lui, saisit follement la rampe. Son corps cessa de tomber. Il tint bon. Il jura.

Le « quelque chose de mou » qui avait fait glisser son pied frotta les marches, rebondit de l'une à l'autre. La tête de David résonna. Son cœur battit au creux de sa gorge, lourdement, traversé d'éclairs de douleur.

Pourquoi les gens négligents laissent-ils traîner des choses n'importe où dans une maison ? Du bout des doigts, il tâtonna dans l'ombre, puis sa main se glaça et, le souffle coupé, son cœur manqua un ou deux battements.

Ce qu'il tenait à la main était un jouet. Une grosse poupée de chiffons qu'il avait achetée par plaisanterie, pour...

Pour le bébé.

Le lendemain, Alice le conduisit à son travail.

A mi-route de la ville, elle ralentit la voiture, freina près du trottoir et s'arrêta. Puis, se retournant sur le siège, elle regarda son mari :

— Je voudrais partir en vacances. Je ne sais pas si cela t'est possible pour le moment, chéri, mais sinon, je t'en prie, laisse-moi partir seule. Nous trouverons bien, j'en suis sûre, quelqu'un pour s'occuper du bébé. Mais il faut que je parte. Je me croyais délivrée de ce... de ce *sentiment* — mais non. Je ne puis supporter de me trouver dans la chambre avec lui. Il me regarde comme si, lui aussi, me haïssait. Je ne peux pas dire exactement pourquoi, tout ce que je sais c'est que je désire partir avant que quelque chose ne se produise...

Il descendit de la voiture, fit le tour, fit mettre Alice à sa place et prit celle qu'elle venait de quitter.

— La chose que tu vas faire, c'est d'aller voir un psychiatre. S'il conseille des vacances, *okay*. Mais nous ne pouvons pas continuer ainsi : mon estomac se noue tout le temps ! (Il mit la voiture en marche.) Je vais conduire jusqu'au bureau.

Elle baissa la tête, elle essayait de retenir ses larmes. Elle releva les yeux quand ils arrivèrent au bout :

— Entendu, dit-elle. Prends le rendez-vous. Je verrai qui tu voudras, David.

Il l'embrassa :

— Maintenant, tu parles avec raison, belle dame. Tu crois que tu peux conduire jusqu'à la maison sans inquiétude ?

— Bien sûr, grand bêta !

— Alors, je te reverrai pour le souper. Conduis prudemment.

— N'est-ce pas ce que je fais toujours ? 'voir !

Il resta un moment au bord du trottoir, à la regarder partir, le vent s'emparant de ses longs cheveux noirs et brillants. Du bureau, une minute plus tard, il téléphona à Jeffers et fixa un rendez-vous avec un neuropsychiatre de confiance.

Et la journée se passa. Péniblement. Le travail allait mal. Les choses s'embrumaient et, dans la brume, il ne cessait de voir Alice perdue, errant et criant son nom. Une partie de sa peur était passée en lui. Elle l'avait effectivement convaincu que l'enfant n'était pas tout à fait normal.

Il dicta de longues lettres, dépourvues d'inspiration. En bas, il vérifia quelques expéditions, questionna des employés, leur donna des indications sur la suite de leur travail... A la fin de la journée, il était à bout, avait mal à la tête, était très content de rentrer chez lui.

En descendant par l'ascenseur, il se demanda : « Si je parlais à Alice du jouet — de la poupée de chiffons sur laquelle j'ai glissé hier ? Seigneur, *voilà* qui étaierait ses soupçons ! Non, je ne le lui dirai jamais. Un accident, après tout, est un accident. »

Quand il arriva chez lui, en taxi, des restes de jour s'attardaient dans le ciel. Devant la maison, il paya le chauffeur, remonta lentement l'allée cimentée, jouissant jusqu'au bout de la lumière qui flottait encore entre les arbres. La blanche façade coloniale de la maison donnait une impression étrange de silence et de vide, mais il se rappela que l'on était jeudi et que le personnel domestique qu'ils parvenaient à se procurer par intermittence était absent pour la journée.

Il respira profondément. Un oiseau chantait derrière la maison. Sur le boulevard, à un bloc de là, le trafic était intense. Il tourna la clef dans la serrure. Bien huilée, silencieuse, la porte s'ouvrit. Il entra, posa son chapeau et sa serviette sur la chaise, et commençait de retirer son pardessus quand il leva les yeux.

Mais il ne fit aucune attention au jouet.

Il ne pouvait que regarder sans bouger, et puis regarder encore. Regarder Alice.

Alice était écroulée en une pose grotesque, une attitude brisée de son corps frêle, au bas des marches, comme une poupée qui ne voudrait plus jouer, jamais.

Alice était morte.

La maison restait silencieuse, il n'entendait que les battements de son propre cœur.

Elle était morte.

Il lui tint la tête entre les mains, il lui serra les doigts. Il tint son corps contre lui. Mais elle ne voulait pas vivre. Elle ne voulait même pas essayer de vivre. Il l'appela par son nom, tout haut, plusieurs fois, et il tenta une fois encore, en la serrant contre lui, de lui rendre une partie de la chaleur qu'elle avait perdue, mais ce ne fut d'aucun secours.

Il se leva. Il dut faire un appel téléphonique, il ne s'en

souvint pas. Il se retrouva, soudain, à l'étage. Il ouvrit la porte de la nursery, entra et, l'air vague, regarda le petit lit. Il éprouva un haut-le-cœur. Il ne voyait pas très bien.

Les yeux du bébé étaient clos, mais son visage était rouge et moite comme s'il avait pleuré longtemps.

— Elle est morte, lui dit Leiber. Elle est morte.

Il se mit alors à rire tout bas, tout doux et sans arrêt, pendant longtemps, jusqu'à ce que le docteur Jeffers sortît de la nuit et le frappât, par deux fois, violemment au visage.

— Ça suffit comme ça ! Ressaisissez-vous !

— Elle est tombée du haut des escaliers, Docteur. Elle a glissé sur une poupée de chiffons — et elle est tombée. J'ai failli en faire autant hier soir. Et maintenant...

Le docteur le secoua :

— Doc, Doc, Doc, répétait vaguement Dave. Drôle d'histoire. Drôle d'his... J'ai... j'ai fini par trouver un nom pour le bébé.

Le docteur ne dit rien.

Leiber plongea sa tête dans ses mains tremblantes et dit les mots :

— Je vais le faire baptiser dimanche prochain. Savez quel nom je lui donne ? Je vais l'appeler Lucifer.

Il était onze heures du soir. Un tas de gens étrangers étaient venus dans la maison, en étaient repartis, emmenant avec eux la flamme essentielle — Alice.

David Leiber était assis en face du docteur dans la bibliothèque.

— Alice n'était pas folle, dit-il lentement. Elle avait de bonnes raisons de craindre le bébé.

— Ne suivez pas sa voie, protesta Jeffers. Elle blâmait le bébé pour sa maladie, voilà que vous lui reprochez sa mort. Elle a trébuché sur un jouet, ne l'oubliez pas. Vous ne pouvez pas en attribuer la responsabilité à l'enfant.

— Vous voulez dire à Lucifer ?

— Cessez de l'appeler ainsi !

Leiber secoua la tête :

— Alice entendait des choses la nuit, qui bougeaient dans les couloirs. Voulez-vous savoir qui faisait ces bruits, Docteur ? Ils étaient faits par le bébé. Agé de quatre mois, se déplaçant dans le noir, nous écoutant parler. Ecoutant chaque parole. (Il agrippait les bras de son fauteuil.) Et si j'allumais les lampes, un bébé est si petit ! Il peut se cacher derrière un meuble, une porte, contre un mur — plus bas que les yeux.

— Je veux que vous cessiez tout ça ! dit Jeffers.

— Il faut me laisser dire ce que je pense, ou bien j'en deviendrai fou. Pendant que j'étais à Chicago, qui a tenu Alice éveillée, l'épuisant jusqu'à la pneumonie ? Le bébé ! C'était bien simple, on dépose un jouet dans l'escalier, et puis on pleure et on crie dans la nuit jusqu'à ce que le père descende pour aller chercher votre lait — et tombe. Elémentaire et brutal, mais efficace. Ça ne m'a pas eu. Mais ça a tué Alice. Raide.

David Leiber s'interrompit le temps d'allumer une cigarette.

— J'aurais dû comprendre. Bien des nuits, bien des nuits, j'ai allumé la lampe et toujours je l'ai vu les yeux grands ouverts. La plupart des bébés dorment tout le temps. Pas celui-là. Il restait éveillé, à penser.

— Les bébés ne pensent pas.

— Disons qu'il restait éveillé à faire ce *qu'il faut faire* avec son cerveau, si vous voulez. Mais que diable savons-nous d'un cerveau de bébé ? Il avait toutes les raisons de haïr Alice. Elle le soupçonnait d'être ce qu'il était. Très certainement pas un enfant normal. Quelque chose — de tout différent. Que savez-vous des bébés, Docteur ? Le courant, oui. Vous savez évidemment comment les bébés tuent leur mère à la naissance. Pourquoi ? Serait-ce par ressentiment d'être jetés de force dans un monde ignoble comme celui-ci ?

Leiber se pencha sur le docteur, avec lassitude :

— Tout s'enchaîne. Supposez que quelques bébés parmi les millions qui naissent soient immédiatement capables de se mouvoir, de voir, d'entendre, comme c'est le cas de tant d'animaux. Les insectes sont *en état* de se suffire à la naissance. En quelques semaines, la plupart des mammifères et des oiseaux sont ajustés aux circonstances. Les enfants, eux, prennent des années pour parler et apprendre à tituber sur leurs faibles jambes.

« Mais supposez qu'un enfant, sur un million, soit différent ? Né avec une pleine conscience des choses, capable de penser instinctivement. Ne serait-ce pas là un "cache" parfait pour tout ce qu'un bébé pourrait vouloir faire ? Il pourrait feindre d'être ordinaire et banal, faible, pleurard, ignorant. Avec juste une légère dépense d'énergie, il pourrait ramper autour d'une maison plongée dans l'obscurité, écouter. Et comme il lui serait facile de déposer des obstacles en haut des marches ! Et combien facile de crier et de pleurer toute la nuit et d'épuiser sa mère jusqu'à la pneumonie. Et combien facile aussi, juste à la naissance, de se tenir si près de la mère de sorte que quelques *manœuvres habiles* provoquent une péritonite ! »

Jeffers, d'un élan, fut debout :

— Pour l'amour du ciel ! C'est là une chose révoltante à dire !

— C'est d'une chose révoltante que je parle. Combien de mères sont mortes à la naissance de leur enfant ? Combien ont nourri de leur lait d'étranges petites improbabilités qui causeront leur mort d'une manière ou d'une autre ? D'étranges petites créatures rouges, avec des cervelles qui fonctionnent dans une obscurité sanglante que nous ne pouvons même pas imaginer ! De petites cervelles élémentaires, gorgées de mémoire raciale, de haine, de cruauté toute brute, qui n'ont d'autre idée que l'instinct de conservation. Et l'instinct de conservation, dans ce cas, consiste à éliminer la mère qui a compris à quelle horreur elle a donné naissance. Je vous le demande, Docteur, qu'y a-t-il de plus égoïste au monde qu'un bébé ? Rien !

Jeffers, sourcils froncés, secouait la tête en silence.

Leiber déposa sa cigarette :

— Je ne prétends pas qu'il faille à l'enfant une force cxtraordinairc. Justc asscz pour rampcr quclqucs mois avant le temps prévu. Juste assez pour écouter tout le temps. Juste assez pour crier tard dans la nuit. C'est assez. C'cst plus qu'asscz.

Jeffers essaya la raillerie :

— Appelez tout cela « meurtre », alors. Mais le meurtre doit avoir un motif. Quel motif l'enfant a-t-il ?

Leiber avait la réponse prête :

— Que peut-on imaginer de plus en paix, de plus à l'aise, de plus rêveusement content, de mieux nourri, de plus confortable, de moins tracassé qu'un enfant pas encore né ? Rien ! Il flotte, hors du temps, dans une somnolente merveille de bien-être, de nourriture et de silence. Alors, soudain, on lui demande d'abandonner ce lieu de tout repos, on le force à quitter cette situation, à se démettre, on le précipite au-dehors, dans un monde bruyant, qui ne se soucie point de lui, un monde égoïste où il est demandé à chacun de se débrouiller pour son propre compte, de chasser, de vivre du produit de sa chasse, de poursuivre un amour faiblissant qui fut jadis son droit incontesté, où le désordre, le désarroi, le bruit remplaceront le silence intérieur et l'assoupissement conservateur. Et l'enfant est offensé, irrité de ce nouvel état de choses. Irrité de l'air froid, des vastes espaces, du départ soudain loin des choses familières. Et dans le filament ténu de cervelle, la seule chose que l'enfant connaisse, c'est l'égoïsme et la haine, à cause du charme qui a été brusquement rompu. Qui est responsable de ce désenchantement, de cette brutale rupture du charme ? La mère. Ainsi donc, à peine né, l'enfant a quelqu'un à haïr de toute la force de son esprit non rationnel. La mère l'a repoussé, l'a rejeté. Et le père ne vaut pas mieux. Tuons-le aussi ! Il est responsable à *sa* manière.

Jeffers l'interrompit :

— Si ce que vous dites est vrai, alors chaque femme au monde devrait considérer son bébé comme quelque chose de redoutable, quelque chose à craindre, quelque chose à propos de quoi se poser des questions.

— Et pourquoi pas ? L'enfant n'a-t-il pas un alibi parfait ? Des siècles de croyance médicale acceptée le protègent. Au dire de tous, il est impuissant, irresponsable. Or, l'enfant est né haïssant. Et les choses s'aggravent au lieu de s'améliorer. Au début, le bébé obtient une certaine dose d'attention, de soins maternels. Puis le temps passe et les choses changent. Un bébé tout neuf a le pouvoir de faire faire à ses parents des choses absurdes, dès qu'il pleure, crie, éternue ; ils sursautent au moindre bruit qu'il fait. Quand les années passent, bébé sent que même cette petite puissance lui échappe rapidement, lui échappe pour ne plus jamais revenir. Pourquoi ne s'emparerait-il pas de tout le pouvoir qu'il parvient à saisir ? Pourquoi, tant qu'il dispose encore de tous les avantages, n'en tirerait-il pas sournoisement le bénéfice ? Dans les années à venir, il serait trop tard pour exprimer sa haine. Aujourd'hui, c'est le moment de frapper !

La voix de Leiber était très douce, très basse.

— Mon bébé, couché dans son petit lit, la nuit, hors d'haleine, le visage moite et très rouge. De pleurer ? Non ! De se hisser lentement hors de son berceau, de ramper longuement dans des couloirs obscurs. Mon bébé, j'ai envie de le tuer.

Le docteur lui tendit un verre d'eau et quelques pilules :

— Vous n'allez tuer personne. Vous allez dormir pendant vingt-quatre heures. Le sommeil vous changera les idées. Prenez ceci.

Leiber prit les pilules, but et les avala, et se laissa, en pleurant, conduire à l'étage dans sa chambre et mettre au lit. Le docteur attendit jusqu'à ce qu'il fût bien endormi, puis quitta la maison.

Leiber, seul, s'enfonça, plus profond, plus profond...

Il entendit un bruit :

— Qu'est... qu'est... *cela* ? demanda-t-il faiblement.

Quelque chose bougea dans le couloir.

David Leiber dormait.

De très bonne heure le lendemain, le docteur Jeffers prit sa voiture et alla chez Leiber. La matinée était belle et il venait chercher David pour l'emmener à la campagne, au repos. Leiber dormirait certainement encore dans sa chambre à l'étage. Jeffers lui avait donné suffisamment de somnifère pour le faire dormir pendant quinze heures.

Il sonna. Point de réponse. Les domestiques n'étaient vraisemblablement pas levés. Jeffers essaya la porte de la rue, elle s'ouvrit, il entra et posa sa trousse sur la chaise la plus proche.

Quelque chose de blanc disparut hors de sa vue en haut des marches. Tout juste une suggestion de mouvement. Jeffers le remarqua à peine.

L'odeur du gaz était dans la maison.

Jeffers courut au premier, entra en trombe dans la chambre de Leiber.

Leiber était allongé, inerte, sur son lit, et la chambre débordait de gaz — de gaz qui sortait en sifflant d'un robinet ouvert au bas du mur, près de la porte. Jeffers le ferma puis ouvrit les fenêtres et courut au corps de Leiber.

Le corps était froid. Mort depuis bon nombre d'heures.

Toussant violemment, le docteur se hâta hors de la chambre, les yeux pleins d'eau. Leiber n'avait pas ouvert le robinet lui-même : *il n'aurait pas pu*. Le somnifère l'avait assommé trop rapidement et il ne se serait pas réveillé avant midi. Ce n'était pas un suicide. Ou y avait-il la plus faible possibilité ?

Jeffers se tint dans le hall pendant cinq minutes. Puis il alla vers la porte de la nursery : elle était fermée. Il l'ouvrit et alla jusqu'au lit.

Le petit lit était vide.

Il resta un grand moment à osciller près du berceau, puis il dit quelque chose, à personne en particulier :

« La porte de la nursery a claqué. Tu n'as pas pu rentrer dans ton lit où c'était la sécurité. Tu n'avais pas compté que la porte pourrait se fermer. Une petite chose comme une porte qui claque, et le meilleur des plans est démoli. Je vais bien te trouver quelque part dans la maison, à te donner l'air de quelque chose que tu n'es pas. »

Le docteur parut sidéré, porta la main à sa tête, eut un pâle sourire :

« Voilà que je parle comme parlèrent Alice et David. Mais je ne peux rien laisser au hasard. Je ne suis sûr de rien, mais je ne peux rien laisser au hasard. »

Il descendit, ouvrit sa trousse posée sur la chaise, y prit un objet qu'il garda dans la main.

Quelque chose bruissa du bout du corridor. Un froissement très léger. Quelque chose de très petit et de très silencieux. Jeffers tourna vivement sur lui-même.

« J'ai dû opérer pour t'amener dans ce monde », pensa-t-il. « Maintenant je crois pouvoir opérer pour t'en faire sortir. »

Il fit dans le hall quelques pas lents et assurés. Il leva la main vers un rayon de soleil :

— Regarde, bébé ! quelque chose qui brille... quelque chose de joli...

Un scalpel.

UN COUP DE TONNERRE

L'écriteau sur le mur semblait bouger comme si Eckels le voyait à travers une nappe mouvante d'eau chaude. Son regard devint fixe, ses paupières se mirent à clignoter et l'écriteau s'inscrivit en lettres de feu sur leur écran obscur :

Soc. La chasse à travers les âges.
Partie de chasse dans le Passé.
Nous vous transportons.
Vous le tuez.

Un jet de phlegme chaud s'amassait dans la gorge d'Eckels ; il se racla la gorge et le cracha. Les muscles autour de sa bouche se crispèrent en un sourire pendant qu'il levait lentement la main et qu'au bout de ses doigts voletait un chèque de dix mille dollars qu'il tendit à l'homme assis derrière le guichet.

— Garantissez-vous qu'on en revienne vivant ?

— Nous ne garantissons rien, répondit l'employé, sauf les dinosaures. (Il se retourna.) Voici Mr Travis, votre guide dans le Passé. Il vous dira sur quoi et quand il faut tirer. S'il vous dit de ne pas tirer, il ne faut pas tirer. Si vous enfreignez les instructions, il y a une pénalité de dix mille dollars, à payer ferme. Peut-être aussi des poursuites gouvernementales à votre retour.

Eckels jeta un regard à l'autre bout de la grande pièce sur l'amas de boîtes et de fils d'acier bourdonnants, enchevêtrés comme des serpents, sur ce foyer de lumière qui lançait des éclairs, tantôt orange, tantôt argentés, tantôt bleus. On entendait un crépitement pareil à un feu de joie brûlant le Temps lui-même, les années, le parchemin des calendriers, les heures empilées et jetées au feu.

Le simple contact d'une main aurait suffi pour que ce feu, en un clin d'œil, fasse un fameux retour sur lui-même. Eckels se rappela le topo de la notice qu'on lui avait envoyée au reçu de sa lettre. Hors de l'ombre et des cendres, de la poussière et de la houille, pareilles à des salamandres dorées, les années anciennes, les années de jeunesse devaient rejaillir; des roses embaumer l'air à nouveau, les cheveux blancs redevenir d'un noir de jais, les rides s'effacer, tous et tout retourner à l'origine, fuir la mort à reculons, se précipiter vers leur commencement; les soleils se lever à l'ouest et courir vers de glorieux couchants à l'est, des lunes croître et décroître contrairement à leurs habitudes, toutes les choses s'emboîter l'une dans l'autre comme des coffrets chinois, les lapins rentrer dans les chapeaux, tous et tout revenir en arrière, du néant qui suit la mort passer au moment même de la mort, puis à l'instant qui l'a précédée, retourner à la vie, vers le temps d'avant les commencements. Un geste de la main pouvait le faire, le moindre attouchement.

— Enfer et damnation, soupira Eckels, son mince visage éclairé par l'éclat de la Machine. Une vraie Machine à explorer le Temps! (Il secoua la tête.) Mais j'y pense! Si hier les élections avaient mal tourné, je devrais être ici actuellement en train de fuir les résultats. Dieu soit loué, Keith a vaincu. Ce sera un fameux président des Etats-Unis.

— Oui, approuva l'homme derrière le guichet. Nous l'avons échappé belle. Si Deutcher avait vaincu, nous aurions la pire des dictatures. Il est l'ennemi de tout; militariste, antéchrist, hostile à tout ce qui est humain ou intellectuel. Des tas de gens sont venus nous voir, ici, soi-disant pour rire, mais c'était sérieux dans le fond. Ils disaient que si Deutcher devenait président, ils aimeraient mieux aller vivre en 1492. Evidemment, ce n'est pas notre métier de faire des caravanes de sauvetage, mais bien de préparer des parties de chasse. De toute façon, nous avons à présent Keith comme président. Tout ce dont vous avez à vous préoccuper aujourd'hui est de...

— Chasser mon dinosaure, conclut Eckels à sa place.

— Un Tyrannosaurus rex. Le Lézard du Tonnerre, le plus terrible monstre de l'Histoire. Signez ce papier. Quoi qu'il arrive, nous ne sommes pas responsables. Ces dinosaures sont affamés.

Eckels se fâcha tout rouge.

— Vous essayez de me faire peur !

— Franchement, oui. Nous ne voulons pas de gars en proie à la panique dès le premier coup de fusil. Six guides ont été tués l'année dernière et une douzaine de chasseurs. Nous sommes ici pour vous fournir l'émotion la plus forte qu'ait jamais demandée un vrai chasseur, pour vous emmener soixante millions d'années en arrière, pour vous offrir la plus extraordinaire partie de chasse de tous les temps ! Votre chèque est encore là. Déchirez-le.

Mr Eckels regarda longuement le chèque. Ses doigts se crispèrent.

— Bonne chance, dit l'homme derrière son guichet. Mr Travis, emmenez-le.

Ils traversèrent silencieusement la pièce, emportant leurs fusils, vers la Machine, vers la masse argentée, vers la lumière vrombissante.

Pour commencer, un jour et puis une nuit, et puis encore un jour et une nuit, puis ce fut le jour, la nuit, le jour, la nuit, le jour. Une semaine, un mois, une année, une décennie, 2055 après Jésus-Christ, 2019, 1999, 1957 ! Partis ! La Machine vrombissait.

Ils mirent leur casque à oxygène et vérifièrent les joints.

Eckels, secoué sur sa chaise rembourrée, avait le visage pâle, la mâchoire contractée. Il sentait les trépidations dans ses bras et, en baissant les yeux, il vit ses mains raidies sur son nouveau fusil. Il y avait quatre hommes avec lui dans la Machine : Travis, le guide principal, son aide Lesperance, et deux autres chasseurs, Billings et Kramer. Ils se regardaient les uns les autres, et les années éclataient autour d'eux.

Eckels s'entendit dire :

— Est-ce que ces fusils peuvent au moins tuer un dinosaure ?

Travis répondit dans son casque radio :

— Si vous le visez juste. Certains dinosaures ont deux cerveaux ; l'un dans la tête, l'autre loin derrière, dans la colonne vertébrale. Ne vous en préoccupez pas. C'est au petit bonheur la chance. Les deux premières fois, visez les yeux, aveuglez-le si vous pouvez, puis occupez-vous du reste.

La Machine ronflait. Le Temps ressemblait à un film déroulé à l'envers. Des soleils innombrables couraient dans le ciel, suivis par dix millions de lunes. « Bon Dieu, dit Eckels, le plus grand chasseur qui ait jamais vécu nous envierait aujourd'hui. Quand on voit cela, l'Afrique ne vaut pas plus que l'Illinois. »

La Machine ralentit, le vacarme qu'elle faisait se transforma en murmure. Elle s'arrêta.

Le soleil se fixa dans le ciel.

Le brouillard qui avait entouré la Machine se dispersa et ils se trouvèrent dans des temps anciens, très anciens en vérité, trois chasseurs et deux guides avec leurs fusils d'acier posés sur leurs genoux.

— Le Christ n'est pas encore né, dit Travis. Moïse n'a pas encore gravi la montagne pour y parler avec Dieu. Les Pyramides sont encore dans les carrières attendant qu'on vienne les tailler et qu'on les érige. Pensez un peu : Alexandre, César, Napoléon, Hitler, aucun d'eux n'existe encore.

D'un signe de tête les hommes approuvèrent.

— Ceci (Mr Travis souligna ses paroles d'un large geste.) c'est la jungle d'il y a soixante millions deux mille cinquante-cinq années avant le président Keith.

Il montra une passerelle métallique qui pénétrait dans une végétation sauvage, par-dessus les marais fumant de vapeur, parmi les fougères géantes et les palmiers.

— Et cela, dit-il, c'est la Passerelle posée à six pouces au-dessus de la terre. Elle ne touche ni fleur ni arbre, pas même un brin d'herbe. Elle est construite dans un métal « antigravitation ». Son but est de vous empêcher de toucher quoi que ce soit de ce monde du Passé. Restez sur la Passerelle. Ne la quittez pas. Je répète. Ne la quittez pas. Sous aucun prétexte. Si vous tombez au-dehors vous aurez une amende. Et ne tirez sur aucun animal à moins qu'on ne vous dise que vous pouvez le faire.

— Pourquoi ? demanda Eckels.

Ils étaient dans la plus ancienne des solitudes. Des cris d'oiseaux lointains arrivaient sur les ailes du vent et il y avait une odeur de goudron, de sel marin, d'herbes moisies et de fleurs couleur de sang.

— Nous n'avons pas envie de changer le Futur. Nous n'appartenons pas à ce Passé. Le gouvernement n'aime pas beaucoup nous savoir ici. Nous devons payer de sérieux pots-de-vin pour garder notre autorisation. Une Machine à explorer le Temps est une affaire sacrément dangereuse. Si on l'ignore, on peut tuer un animal important, un petit oiseau, un poisson, une fleur même et détruire du même coup un chaînon important d'une espèce à venir.

— Ce n'est pas très clair, dit Eckels.

— Bon, expliqua Travis, supposons qu'accidentellement, nous détruisions une souris ici. Cela signifie que nous détruisons en même temps tous les descendants futurs de cette souris. C'est clair ?

— C'est clair.

— Et tous les descendants des descendants des descendants de cette souris aussi. D'un coup de pied malheureux, vous faites disparaître une, puis une douzaine, un millier, un million de souris à venir !

— Bon, disons qu'elles sont mortes, approuva Eckels, et puis ?

— Et puis ? (Travis haussa tranquillement les épaules.) Eh bien, qu'arrivera-t-il des renards qui ont besoin de ces souris pour vivre ? Privé de la nourriture que représentent dix renards, un lion meurt de faim. Un lion de moins et toutes sortes d'insectes, des aigles, des millions d'êtres minuscules, sont voués à la destruction, au chaos. Et voici ce qui pourrait arriver cinquante-cinq millions d'années plus tard : un homme des cavernes — un parmi une douzaine dans le monde entier — va chasser, pour se nourrir, un sanglier ou un tigre ; mais vous, cher ami, vous avez détruit tous les tigres de cette région. En tuant une souris. Et l'homme des cavernes meurt de faim. Et cet homme des cavernes n'est pas un homme parmi tant d'autres. Non ! Il représente toute une nation à venir. De ses entrailles auraient pu naître dix fils. Et ceux-ci auraient eu, à leur tour, une centaine de fils à eux tous. Et ainsi de suite jusqu'à ce qu'une civilisation naisse. Détruisez cet homme et vous détruisez une race, un peuple, toute une partie de l'histoire de l'humanité. C'est comme si vous égorgiez quelques-uns des petits-fils d'Adam. Le poids de votre pied sur une souris peut déchaîner un tremblement de terre dont les suites peuvent ébranler, jusqu'à leurs bases, notre planète et nos destinées, dans les temps à venir. Un homme des cavernes meurt à présent et des millions d'hommes qui ne sont pas encore nés périssent dans ses entrailles. Peut-être

Rome ne s'élèvera-t-elle jamais sur ses sept collines. Peut-être l'Europe restera-t-elle pour toujours une forêt vierge et seule l'Asie se peuplera, deviendra vigoureuse et féconde. Ecrasez une souris et vous démolissez les Pyramides. Marchez sur une souris et vous laissez votre empreinte, telle une énorme crevasse, pour l'éternité. La reine Elisabeth pourrait ne jamais naître, Washington ne jamais traverser le Delaware, les Etats-Unis ne jamais figurer sur aucune carte géographique. Aussi, prenez garde. Restez sur la Passerelle. Ne faites pas un pas en dehors !

— Je vois en effet, dit Eckels. Ce serait grave, même si nous ne touchions qu'un brin d'herbe ?

— C'est bien cela. Ecraser une petite plante de rien du tout peut avoir des conséquences incalculables. Une petite erreur ici peut faire boule de neige et avoir des répercussions disproportionnées dans soixante millions d'années. Evidemment, notre théorie peut être fausse. Peut-être n'avons-nous aucun pouvoir sur le temps ; peut-être encore le changement que nous provoquerions n'aurait-il lieu que dans des détails plus subtils. Une souris morte ici peut provoquer ailleurs le changement d'un insecte, un déséquilibre dans les populations à venir, une mauvaise récolte un jour lointain, une balance économique déficitaire, une famine et finalement changer l'âme même d'une société à l'autre bout du monde. Ou bien quelque chose de plus subtil encore : un souffle d'air plus doux, un murmure, un rien, pollen égaré dans l'air, une différence si légère, si légère qu'on ne pourrait s'en apercevoir à moins d'avoir le nez dessus. Qui sait ? Qui peut honnêtement se vanter de le savoir ? Nous l'ignorons. Nous n'en sommes qu'à des conjectures. Mais tant que nous nageons dans l'incertitude sur la tempête ou le léger frémissement que peut créer notre incursion dans le Temps, nous devons être bougrement prudents. Cette Machine, cette Passerelle, vos habits ont été stérilisés, votre peau désinfectée avant le départ. Nous portons ces casques à oxygène, pour qu'aucune des bactéries que nous pourrions transporter ne risque de pénétrer dans ce monde du passé.

— Comment savoir, dans ce cas, sur quels animaux tirer ?

— Ils ont été marqués à la peinture rouge, répondit Travis. Aujourd'hui, avant notre départ, nous avons envoyé Lesperance avec la Machine, ici. Il nous a précédés dans cette époque du Passé et a suivi à la trace quelques-uns des animaux.

— Vous voulez dire qu'il les a étudiés ?

— C'est cela même, approuva Lesperance. Je les ai observés tout au long de leur existence. Peu vivent vieux. J'ai noté leurs saisons d'amour. Rares. La vie est courte. Quand j'en trouvais un qui allait être écrasé par la chute d'un arbre ou qui allait se noyer dans une mare de goudron, je notais l'heure exacte, la minute, la seconde. Je lançais sur lui une cartouche de peinture. Elle laissait une grosse tache sur sa peau. Impossible de ne pas la voir. Puis j'ai calculé le moment de notre arrivée dans le Passé, pour que nous rencontrions le Monstre deux minutes à peine avant l'heure où de toute façon il devait mourir. Nous tuons ainsi seulement des animaux déjà sacrifiés qui ne devaient plus se reproduire. Vous voyez jusqu'où nous poussons la prudence !

— Mais si vous n'êtes revenu que ce matin dans le déroulement du Temps, réplique avec passion Eckels, vous avez dû être projeté, télescopé à travers nous, à travers notre groupe sur le chemin du retour. Comment tout cela a-t-il tourné ? Notre expédition a-t-elle réussi ? Avons-nous réussi à nous en tirer tous, indemnes ?

Travis et Lesperance échangèrent un regard.

— Ce serait un paradoxe, dit le second d'entre eux. Le Temps ne souffrirait pas un tel gâchis, la rencontre d'un homme avec lui-même. Lorsque de telles possibilités se présentent, le Temps fait un écart sur lui-même. Comme un avion s'écarte de sa trajectoire en rencontrant une poche d'air. Avez-vous senti la Machine faire un bond juste au moment où elle allait s'arrêter ? C'était nous-mêmes, nous croisant sur le chemin du retour. Nous n'avons rien vu. Il nous serait impossible de dire si notre expédition a été un succès, si nous avons réussi à tuer notre monstre ou si nous avons réussi tous — je pense spécialement à vous, Mr Eckels — à nous en tirer vivants.

Eckels sourit sans enthousiasme.

— Assez là-dessus, coupa court Travis. Tout le monde debout !

Ils étaient prêts à quitter la Machine.

La jungle autour d'eux était haute et vaste, et le monde entier n'était qu'une jungle pour l'éternité. Des sons s'entrecroisaient, formant comme une musique, et le ciel était rempli de lourdes voiles flottantes : c'étaient des ptérodactyles s'élevant sur leurs grandes ailes grises, chauves-souris gigantesques échappées d'une nuit de délire et de cauchemar. Eckels se balançait sur l'étroite Passerelle, pointant son fusil ici et là, en matière de jeu.

— Arrêtez ça ! s'écria Travis. Ce n'est pas une plaisanterie à faire ! Si par malheur votre fusil partait !...

Eckels devint écarlate.

— Je ne vois toujours pas notre Tyrannosaure...

Lesperance regarda son bracelet-montre.

— Préparez-vous. Nous allons croiser sa route dans soixante secondes. Faites attention à la peinture rouge, pour l'amour de Dieu. Ne tirez pas avant que nous vous fassions signe. Restez sur la Passerelle. Restez sur la Passerelle !

Ils avancèrent dans le vent du matin.

— Etrange, murmura Eckels. A soixante millions d'années d'ici, le jour des élections présidentielles est passé. Keith est élu président. Le peuple est en liesse. Et nous sommes ici : un million d'années en arrière et tout cela n'existe même plus. Toutes les choses pour lesquelles nous nous sommes fait du souci pendant des mois, toute une vie durant, ne sont pas encore nées, sont presque impensables.

— Soyez sur vos gardes ! commanda Travis. Premier à tirer, vous, Eckels. Second, Billings. Troisième, Kramer.

— J'ai chassé le tigre, le sanglier, le buffle, l'éléphant, mais cette fois, doux Jésus, ça y est, s'exclama Eckels, je tremble comme un gosse.

— Ah, fit Travis.

Ils s'arrêtèrent.

Travis leva la main.

— Devant nous, chuchota-t-il. Dans le brouillard. Il est là. Il est là, Sa Majesté, le Tyrannosaure.

La vaste jungle était pleine de gazouillements, de bruissements, de murmures, de soupirs.

Et soudain, tout se tut comme si quelqu'un avait claqué une porte.

Le silence.

Un coup de tonnerre.

Sortant du brouillard, à une centaine de mètres, le Tyrannosaurus rex avançait.

— Sainte Vierge, murmura Eckels.

— Chut !

Il arrivait planté sur d'énormes pattes, à larges enjambées, bondissant lourdement. Il dépassait d'une trentaine de pas la moitié des arbres, gigantesque divinité maléfique, portant ses délicates pattes de devant repliées contre sa poitrine huileuse de reptile. Par contre, chacune de ses pattes de derrière était un véritable piston, une masse d'os, pesant mille livres, enserrée dans un réseau de muscles puissants, recouverte d'une peau caillouteuse et brillante, semblable à l'armure d'un terrible guerrier. Chaque cuisse représentait un poids d'une tonne de chair, d'ivoire et de mailles d'acier. Et de l'énorme cage thoracique sortaient ces deux pattes délicates, qui se balançaient devant lui, terminées par de vraies mains qui auraient pu soulever les hommes comme des jouets, pendant que l'animal aurait courbé son cou de serpent pour les examiner. Et la tête elle-même était une pierre sculptée d'au moins une tonne portée allégrement dans le ciel. La bouche béante laissait voir une rangée de dents acérées comme des poignards. L'animal roulait ses yeux, grands comme des œufs d'autruche, vides de toute expression, si ce n'est celle de la faim. Il ferma sa mâchoire avec un grincement de mort. Il courait, les os de son bassin écrasant les buissons, déracinant les arbres, ses pattes enfonçant la terre molle, y imprimant des traces profondes de six pouces. Il courait d'un pas glissant comme s'il exécutait une figure de ballet, incroyablement rapide et agile pour ses dix tonnes. Il avança prudemment dans cette arène ensoleillée, ses belles mains de reptile prospectant l'air.

— Mon Dieu ! (Eckels se mordit les lèvres.) Il pourrait se dresser sur ses pattes et saisir la lune.

— Chut ! fit Travis furieux, il ne nous a pas encore vus.

— On ne pourra jamais le tuer.

Eckels prononça ce verdict calmement comme si aucun argument ne pouvait lui être opposé. Le fusil dans sa main lui semblait une arme d'enfant.

— Nous avons été fous de venir. C'est impossible.

— Taisez-vous enfin ! souffla Travis.

— Quel cauchemar !

— Allez-vous-en, ordonna Travis. Allez tranquillement dans la Machine. Nous vous rendons la moitié de votre argent.

— Je n'aurais jamais pensé qu'il fût si grand, dit Eckels. Je me suis trompé. Je veux partir d'ici.

— Il nous a vus.

— La peinture rouge est bien sur sa poitrine.

Le Lézard du Tonnerre se dressa sur ses pattes. Son armure brillait de mille éclats verts, métalliques. Dans tous les replis de sa peau, la boue gluante fumait et de petits insectes y grouillaient de telle façon que le corps entier semblait bouger et onduler même quand le Monstre restait immobile. Il empestait. Une puanteur de viande pourrie se répandit sur la savane.

— Sortez-moi de là! s'écria Eckels. Je n'ai jamais été dans cet état. Je savais toujours que je m'en sortirais vivant. J'avais des bons guides, c'étaient des vraies parties de chasse, j'avais confiance. Cette fois-ci, j'ai mal calculé. Je suis hors du jeu et le reconnais. C'est plus que je ne peux supporter.

— Ne vous affolez pas. Retournez sur vos pas. Attendez-nous dans la Machine.

— Oui.

Eckels semblait engourdi. Il regardait ses pieds comme s'ils étaient rivés au sol. Il poussa un gémissement d'impuissance.

— Eckels!

Il fit quelques pas, tâtonnant comme un aveugle.

— Pas par là!

Le Monstre, dès qu'il les vit bouger, se jeta en avant en poussant un terrible cri. En quatre secondes, il couvrit une centaine de mètres. Les hommes visèrent aussitôt et firent feu. Un souffle puissant sortit de la bouche du Monstre les plongeant dans une puanteur de bave et de sang décomposé. Il rugit et ses dents brillèrent au soleil.

Eckels, sans se retourner, marcha comme un aveugle vers le bout de la Passerelle; traînant son fusil dans sa main, il en descendit et marcha sans même s'en rendre compte dans la jungle. Ses pieds s'enfonçaient dans la mousse verte. Il se laissait porter par eux, et il se sentit seul, et loin de tout ce qu'il laissait derrière lui.

Les carabines tirèrent à nouveau. Leur bruit se perdit dans le vacarme de tonnerre que faisait le lézard. Le levier puissant de la queue du reptile se mit en marche, balaya la terre autour de lui. Les arbres explosèrent en nuages de feuilles et de branches. Le Monstre étendit ses mains presque humaines pour étreindre les hommes, les tordre, les écraser comme des baies, les fourrer entre ses mâchoires, pour apaiser son gosier gémissant. Ses yeux globuleux étaient à présent au niveau des hommes. Ils pouvaient se mirer dedans. Ils firent feu sur les paupières métalliques, sur l'iris d'un noir luisant.

Comme une idole de pierre, comme une avalanche de rochers, le Tyrannosaure s'écroula. Avec un terrible bruit, arrachant les arbres qu'il avait étreints, arrachant et tordant la Passerelle d'acier. Les hommes se précipitèrent en arrière. Les dix tonnes de muscles, de pierre, heurtèrent la terre. Les hommes firent feu à nouveau. Le Monstre balaya encore une fois la terre de sa lourde queue, ouvrit ses mâchoires de serpent et ne bougea plus. Un jet de sang jaillit de son gosier. A l'intérieur de son corps, on entendit un bruit de liquide. Ses vomissures trempaient les chasseurs. Ils restaient immobiles, luisant de sang.

Le tonnerre avait cessé.

La jungle était silencieuse. Après l'avalanche, la calme paix des végétaux. Après le cauchemar, le matin.

Billings et Kramer s'étaient assis sur la Passerelle et vomissaient. Travis et Lesperance, debout, leurs carabines encore fumantes, juraient ferme.

Dans la Machine, face contre terre, Eckels, couché, tremblait. Il avait retrouvé le chemin de la Passerelle, était monté dans la Machine.

Travis revint lentement, jeta un coup d'œil sur Eckels, prit du coton hydrophile dans une boîte métallique, retourna vers les autres, assis sur la Passerelle.

— Nettoyez-vous.

Ils essuyèrent le sang sur leurs casques. Eux aussi, ils commencèrent à jurer. Le Monstre gisait, montagne de chair compacte. A l'intérieur, on pouvait entendre des soupirs et des murmures pendant que le grand corps achevait de mourir, les organes s'enrayaient, des poches de liquide achevaient de se déverser dans des cavités; tout finissait par se calmer, par s'éteindre à jamais. Cela ressemblait à l'arrêt d'une locomotive noyée, ou à la chaudière d'un bateau qu'on a laissée s'éteindre, toutes valves ouvertes, coincées. Les os craquèrent; le poids de cette énorme masse avait cassé les délicates pattes de devant, prises sous elle. Le corps s'arrêta de trembler.

On entendit un terrible craquement encore. Tout en haut d'un arbre gigantesque, une branche énorme se cassa, tomba. Elle s'écrasa sur la bête morte.

— Et voilà! (Lesperance consulta sa montre.) Juste à temps. C'est le gros arbre qui était destiné dès le début à tomber et à tuer l'animal. (Il regarda les deux chasseurs.) Voulez-vous la photo-trophée?

— Quoi?

— Vous avez le droit de prendre un témoignage pour le

rapporter dans le Futur. Le corps doit rester sur place, là où il est mort, pour que les insectes, les oiseaux, les microbes le trouvent là où ils devaient le trouver. Tout à sa place. Le corps doit demeurer ici. Mais nous pouvons prendre une photo de vous à ses côtés.

Les deux hommes essayèrent de rassembler leurs esprits, mais ils renoncèrent, secouant la tête.

Ils se laissèrent conduire le long de la Passerelle. Ils se laissèrent tomber lourdement sur les coussins de la Machine. Ils jetèrent encore un regard sur le Monstre déchu, la masse inerte, l'armure fumante à laquelle s'attaquaient déjà d'étranges oiseaux-reptiles et des insectes dorés.

Un bruit sur le plancher de la Machine les fit se redresser. Eckels, assis, continuait à frissonner.

— Excusez-moi, prononça-t-il enfin.

— Debout ! lui cria Travis.

Eckels se leva.

— Sortez sur la Passerelle, seul. (Travis le menaçait de son fusil.) Ne revenez pas dans la Machine. Vous resterez ici !

Lesperance saisit le bras de Travis. « Attends... »

— Ne te mêle pas de ça ! (Travis secoua la main sur son bras.) Ce fils de cochon a failli nous tuer. Mais ce n'est pas ça. Diable non. Ce sont ses souliers ! Regardez-les. Il est descendu de la Passerelle. C'est notre ruine ! Dieu seul sait ce que nous aurons à payer comme amende. Des dizaines de milliers de dollars d'assurance ! Nous garantissons que personne ne quittera la Passerelle. Il l'a quittée. Sacré idiot ! Nous devrons le signaler au gouvernement. Ils peuvent nous enlever notre licence de chasse. Et Dieu seul sait quelles suites cela aura sur le Temps, sur l'Histoire !

— Ne t'affole pas. Il n'a fait qu'emporter un peu de boue sur ses semelles.

— Qu'en sais-tu ? s'écria Travis. Nous ignorons tout ! C'est une sacrée énigme. Sortez, Eckels !

Eckels fouilla dans les poches de sa chemise.

— Je paierai tout. Cent mille dollars !

Travis jeta un regard vers le carnet de chèques d'Eckels et cracha.

— Sortez. Le Monstre est près de la Passerelle. Plongez vos bras jusqu'aux épaules dans sa gueule. Puis vous pourrez revenir avec nous.

— Ça n'a pas de sens !

— Le Monstre est mort, sale bâtard ! Les balles ! Nous ne

pouvons pas laisser les balles derrière nous. Elles n'appartiennent pas au Passé; elles peuvent changer quelque chose. Voici mon couteau. Récupérez-les.

La vie de la jungle avait repris, elle était à nouveau pleine de murmures, de cris d'oiseaux. Eckels se retourna lentement pour regarder les restes de l'animal préhistorique, cette montagne de cauchemar et de terreur. Après un moment d'hésitation, comme un somnambule, il se traîna dehors, sur la Passerelle.

Il revint en frissonnant cinq minutes plus tard, ses bras couverts de sang jusqu'aux épaules. Il tendit les mains. Chacune renfermait un certain nombre de balles d'acier. Puis il s'écroula. Il resta sans mouvement là où il était tombé.

— Tu n'aurais pas dû lui faire faire ça, dit Lesperance.

— En es-tu si sûr ? C'est un peu tôt pour en juger. (Travis poussa légèrement le corps étendu.) Il vivra. Et une autre fois, il ne demandera plus à aller à des parties de chasse de ce calibre. Eh bien ? (Il fit péniblement un geste du pouce vers Lesperance.) Mets en marche. Rentrons !

1492. 1776. 1812.

Ils se lavèrent les mains et le visage. Ils changèrent leurs chemises et leurs pantalons tachés de sang caillé.

Eckels revenu à lui, debout, se taisait. Travis le regardait attentivement depuis quelques minutes.

— Avez-vous fini de me regarder ? s'écria Eckels. Je n'ai rien fait.

— Qu'en savez-vous ?

— Je suis descendu de la Passerelle, c'est tout, et j'ai un peu de boue sur mes chaussures. Que voulez-vous que je fasse, me mettre à genoux et prier ?

— Vous devriez le faire. Je vous avertis, Eckels, je pourrais encore vous tuer. Mon fusil est prêt, chargé.

— Je suis innocent, je n'ai rien fait !

1999. 2000. 2055.

La Machine s'arrêta.

— Sortez, dit Travis.

Ils se trouvaient à nouveau dans la pièce d'où ils étaient partis. Elle était dans le même état où ils l'avaient laissée. Pas tout à fait le même cependant. Le même homme était bien assis derrière le guichet. Mais le guichet n'était pas tout à fait pareil lui non plus.

Travis jeta un regard rapide autour de lui.

— Tout va bien ici ? fit-il sèchement.

— Tout va bien. Bon retour !

Travis était tendu. Il paraissait soupeser la poussière dans l'air, examiner la façon dont les rayons de soleil pénétraient à travers la haute fenêtre.

— Ça va, Eckels, vous pouvez partir. Et ne revenez jamais !

Eckels était incapable de bouger.

— Vous m'entendez ? dit Travis. Que regardez-vous ainsi ?

Eckels, debout, humait l'air et dans l'air, il y avait quelque chose, une nuance nouvelle, une variation chimique, si subtile, si légère que seul le frémissement de ses sens alertés l'en avertissait. Les couleurs — blanc, gris, bleu, orange — des murs, des meubles, du ciel derrière les vitres, étaient... étaient...

On sentait quelque chose dans l'air. Son corps tremblait, ses mains se crispaient. Par tous les pores de sa peau, il sentait cette chose étrange. Quelqu'un, quelque part, avait poussé un de ces sifflements qui ne s'adressent qu'au chien. Et son être entier se figeait aux écoutes.

Hors de cette pièce, derrière ce mur, derrière cet homme qui n'était pas tout à fait le même homme, assis derrière ce guichet qui n'était pas tout à fait le même guichet... il y avait tout un monde d'êtres, de choses...

Comment se présentait ce monde nouveau, on ne pouvait le deviner. Il le sentait en mouvement, là, derrière les murs comme un jeu d'échecs dont les pièces étaient poussées par un souffle violent. Mais un changement était visible déjà : l'écriteau imprimé, sur le mur, celui-là même qu'il avait lu tantôt, lorsqu'il avait pénétré pour la première fois dans ce bureau. On y lisait :

Soc. La chas à traver les âge
Parti de chas dans le Passé
Vou choisises l'animal.
Nou vou transportons.
Vou le tuez.

Eckels se laissa choir dans un fauteuil. Il se mit à gratter comme un fou la boue épaisse de ses chaussures. Il recueillit en tremblant une motte de terre.

— Non, cela ne peut être. Non, pas une petite chose comme celle-ci. Non!...

Enchâssé dans la boue, jetant des éclairs verts, or et noirs, il y avait un papillon admirable et, bel et bien mort.

— Pas une petite bête pareille, pas un papillon! s'écria Eckels.

Une chose exquise tomba sur le sol, une petite chose qui aurait à peine fait pencher une balance, à peine renversé une pièce de domino, puis une rangée de pièces de plus en plus grandes, gigantesques, à travers les années et dans la suite des Temps. Eckels sentit sa tête tourner. Non, cela ne pouvait changer les choses. Tuer un papillon ne pouvait avoir une telle importance.

Et si pourtant cela était?

Il sentit son visage se glacer. Les lèvres tremblantes, il demanda:

— Qui... qui a vaincu aux élections présidentielles hier?

L'homme derrière le guichet éclata de rire.

— Vous vous moquez de moi? Vous le savez bien. Deutcher naturellement! Qui auriez-vous voulu d'autre? Pas cette sacrée chiffe molle de Keith. Nous avons enfin un homme à poigne, un homme qui a du cœur au ventre, pardieu!

L'employé s'arrêta.

— Quelque chose ne va pas?

Eckels balbutia, tomba à genoux. A quatre pattes, les doigts tremblants, il cherchait à saisir le papillon doré.

— Ne pourrions-nous pas?...

Il essayait de se convaincre lui-même, de convaincre le monde entier, les employés, la Machine.

— Ne pourrions-nous pas le ramener là-bas, lui rendre la vie? Ne pourrions-nous pas recommencer? Ne pourrions-nous...

Il ne bougeait plus. Les yeux fermés, tremblant, il attendait. Il entendit le souffle lourd de Travis à travers la pièce, il l'entendit prendre la carabine, lever le cran d'arrêt, épauler l'arme.

Il y eut un coup de tonnerre.

LITTÉRATURE (extraits)

Anonyme
Les Mille et Une Nuits :
Sindbad le marin - n° 147
Aladdin ou la Lampe merveilleuse - n° 191
Ali Baba et les quarante voleurs *suivi de* Histoire du cheval enchanté - n° 298
Isaac Asimov
La pierre parlante *et autres nouvelles* - n° 129
René Barjavel
Béni soit l'atome *et autres nouvelles* - n° 261
James M. Barrie
Peter Pan - n° 591
Frank L. Baum
Le magicien d'Oz - n° 592
Pierre Bordage
Les derniers hommes :
1. Le peuple de l'eau - n° 332
2. Le cinquième ange - n° 333
3. Les légions de l'Apocalypse - n° 334
4. Les chemins du secret - n° 335
5. Les douze tribus - n° 336
6. Le dernier jugement - n° 337
Nuits-lumière - n° 564
Ray Bradbury
Celui qui attend *et autres nouvelles* - n° 59
Lewis Carroll
Les aventures d'Alice au pays des merveilles - n° 389
Alice à travers le miroir - n° 507
Jacques Cazotte
Le diable amoureux - n° 20
Adelbert de Chamisso
L'étrange histoire de Peter Schlemihl - n° 615
Arthur C. Clarke
Les neuf milliards de noms de Dieu *et autres nouvelles* - n° 145
Maurice G. Dantec
Dieu porte-t-il des lunettes noires ? *et autres nouvelles* - n° 613
Philip K. Dick
Les braconniers du cosmos *et autres nouvelles* - n° 92
Théophile Gautier
Le roman de la momie - n° 81
La morte amoureuse *suivi de* Une nuit de Cléopâtre - n° 263
Goethe
Faust - n° 82
Henry James
Le tour d'écrou - n° 200
Stephen King
Le singe *suivi de* Le chenal - n° 4
La ballade de la balle élastique *suivi de* L'homme qui refusait de serrer la main - n° 46
La ligne verte :
1. Deux petites filles mortes - n° 100
2. Mister Jingles - n° 101
3. Les mains de Caffey - n° 102
4. La mort affreuse d'Édouard Delacroix - n° 103
5. L'équipée nocturne - n° 104
6. Caffey sur la ligne - n° 105
Danse macabre :
Celui qui garde le ver *et autres nouvelles* - n° 193
Cours, Jimmy, cours *et autres nouvelles* - n° 214
L'homme qu'il vous faut *et autres nouvelles*- n° 233
Les enfants du maïs *et autres nouvelles* - n° 249
Howard P. Lovecraft
Les autres dieux *et autres nouvelles* - n° 68
Richard Matheson
La maison enragée *et autres nouvelles fantastiques* - n° 355
Guy de Maupassant
Le Horla - n° 1
Prosper Mérimée
La Vénus d'Ille *et autres nouvelles* - n° 236
Françoise Morvan
Lutins et lutines - n° 528
Gérard de Nerval
Aurélia *suivi de* Pandora - n° 23
Sylvie *suivi de* Les chimères *et de* Odelettes - n° 436
Edgar Allan Poe
Double assassinat dans la rue Morgue *suivi de* Le mystère de Marie Roget - n° 26
Le scarabée d'or *suivi de* La lettre volée - n° 93

Le chat noir *et autres nouvelles* - n° 213
La chute de la maison Usher *et autres nouvelles* - n° 293
Ligeia *suivi de* Aventure sans pareille d'un certain Hans Pfaall - n° 490
Terry Pratchett
Le peuple du Tapis - n° 268
Robert Louis Stevenson
L'étrange cas du Dr Jekyll et de Mr Hyde - n° 113
Jonathan Swift
Le voyage à Lilliput - n° 378
Jules Verne
Le château des Carpathes - n° 171
Une ville flottante - n° 346
Les Indes noires - n° 227
Oscar Wilde
Le fantôme de Canterville *suivi de* Le prince heureux, Le géant égoïste *et autres nouvelles* - n° 600

ANTHOLOGIES

Présentée par Xavier Legrand-Ferronnière
Contes fantastiques de Noël - n° 197

Présentées par Barbara Sadoul
La dimension fantastique – 1
13 nouvelles fantastiques de Hoffmann à Seignolle - n° 150
La dimension fantastique – 2
6 nouvelles fantastiques de Balzac à Sturgeon - n° 234
La dimension fantastique – 3
10 nouvelles fantastiques de Flaubert à Jodorowsky - n° 271
Les cent ans de Dracula
8 histoires de vampires de Goethe à Lovecraft - n° 160
Un bouquet de fantômes - n° 362
Gare au garou !
8 histoires de loups-garous - n° 372
Fées, sorcières et diablesses
13 textes de Homère à Andersen - n° 544
La solitude du vampire - n° 611

Présentées par Jacques Sadoul
Une histoire de la science-fiction :
1901-1937 : Les premiers maîtres - n° 345
1938-1957 : L'âge d'or - n° 368
1958-1981 : L'expansion - n° 404
1982-2000 : Le renouveau - n° 437

Librio

59

Achevé d'imprimer en Allemagne (Pössneck) par GGP
en décembre 2004 pour le compte de E.J.L.
84, rue de Grenelle, 75007 Paris
Dépôt légal décembre 2004
1er dépôt légal dans la collection : mars 1995

Diffusion France et étranger : Flammarion